허기진 삶을 채우는 생각 한 잔

허기진 삶을 채우는

생각 한 잔

2014년 4월 1일 초판 인쇄
2014년 4월 10일 초판 발행
2014년 7월 21일 초판 2쇄 발행

지은이 김옥림
펴낸이 임종관
펴낸곳 미래북
디자인 페이퍼마임
편 집 미토스
신고번호 제302-2003-000326호
본 사 서울특별시 용산구 효창동 5-421호
영업부 경기도 고양시 덕양구 화정동 965 한화오벨리스크 1901호
전 화 02-738-1227
팩 스 02-738-1228
이메일 miraebook@hotmail.com

ISBN 978-89-92289-61-0 03810

* 책값은 뒤표지에 있습니다.

허기진 삶을 채우는 생각 한 잔

한 번쯤 우리가 생각해야 할 것들

김옥림 에세이

MIRAE
BOOK

PROLOGUE

행복한 나를 위해 새로운 생각을 마시다

남보다 잘되고 싶은 욕망, 행복한 사람이 되고 싶은 욕망은 누구에게나 잠재되어 있는 아주 당연한 인간의 본능입니다.

20세기의 가장 탁월한 정신분석학자 프로이트는 말했습니다.

"인간은 누구나 하나의 공통적인 소원이 있는데, 그것은 위대한 사람이 되려는 욕망이다."

최고가 되고 싶은 욕망, 그것을 탓할 수는 없습니다. 한 번뿐인 인생을 삶의 주연으로 살고 싶은 건 지극히 당연하니까요.

문제는 너나없이 최고의 인생만 추구하다 보니 치열한 경쟁에 빠져 자아를 상실함으로써 삶의 본질을 훼손하는 지경에 이르렀다는 점입니다. 자연히 몸과 마음은 지칠 대로 지쳐 삶에 허기진 채 비틀거리며 살아갑니다. 삶의 가치는 땅에 떨어지고, 삶의 정체성은 갈팡질팡 길을 잃어버립니다.

이런 현실에서 지금 우리에게 필요한 것은 물질이 아닙니다. 지친 삶을 위로하고 보듬어 다시 거듭나는 것, 그게 필요합니다. 거듭나기 위해서는 몸과 마음을 새롭게 해야 합니다. 그렇게 하지 않고서는 절대로 새로운 내가 될 수 없습니다.

"진정 무엇인가를 발견하는 여행은 새로운 풍경을 바라보는 것이 아니라 새로운 눈을 가지는 데 있다."

프랑스 소설가 마르셀 프루스트의 말입니다. 이는 새로운 내가 되기 위한 자세에 대한 말입니다.

그렇습니다. 원하는 인생을 살기 위해서는 새로운 눈을 가져야 합니다. 새로운 눈을 가질 때, 비로소 바라는 것을 얻어 행복한 인생을 살 수 있습니다.

이 책은 삶에 허기진 이들의 지친 마음을 위로하고, 그 허기를 채워줌으로써 잃어버린 자아를 찾게 해줄 것입니다. 그리하여 새로운 나로 거듭나게 해줄 것입니다. 이 책을 대하는 모든 이에게 따뜻한 사랑과 푸른 행복이 늘 함께하길 기원합니다.

김옥림

CONTENTS

PROLOGUE 행복한 나를 위해 새로운 생각을 마시다 ☆ 4

CHAPTER 01
사랑하기에 참 좋은 날

소나기처럼 ☆ 17
부끄럽지 않은 나로 살아가기 ☆ 19
삶은 우리가 만든다 ☆ 22
덕수궁 참새 ☆ 24
잠깐의 여유 ☆ 26
수놓는 여자 ☆ 28
칠월에는 기차를 타고 떠나라 ☆ 30
내가 뭐 어때서? ☆ 34
인생의 시 ☆ 36
사랑하기에 참 좋은 날 ☆ 37
징검다리 ☆ 39
저녁이 오면 마음이 포근해지는 까닭 ☆ 40
뜨거운 것, 그 의미에 대하여 ☆ 42

〈설국열차〉에 대한 사색의 프리즘 ☆ 44
더 늦기 전에 ☆ 50
사랑의 고통을 두려워하지 않기 ☆ 52
만남, 아름다운 인연의 꽃 ☆ 56
가끔 골목길을 걸어보라 ☆ 61
지하철 안 풍경, 내면의 속살을 보다 ☆ 63
누군가의 생애에 맑은 날 같은 그대 ☆ 66
따뜻한 것은 뜨거운 심장을 닮았다 ☆ 68
마음이 향기로운 사람 ☆ 70
산비둘기와 수수 ☆ 72
아침 기도 ☆ 74
꽃과의 대화 ☆ 76
삶은 순환열차다 ☆ 78
내 어린 시절 추억의 연시(戀詩) 한 편 ☆ 80

CHAPTER 02

삶이 허기질 때, 우리를 위로하는 것들

삶이 허기질 때, 우리를 위로하는 것들 ☆ 88
행복과 불행은 늘 병존을 거듭한다 ☆ 90

품격이란 그 사람의 향기다 ☆ 92
견디는 힘 ☆ 94
의식의 작용 ☆ 96
산책의 즐거움 ☆ 98
삶의 근본 ☆ 102
자기희생이 자신을 행복하게 한다 ☆ 104
세상이 필요로 하는 사람 ☆ 106
행복을 돈으로 사려고 하지 말라 ☆ 108
한 잔의 차가 주는 여유 ☆ 110
절대적인 사랑이란 무엇인가? ☆ 111
민주주의를 배신하지 않기 ☆ 112
복숭아축제 ☆ 114
정신적인 부자 ☆ 116
고난의 의미 ☆ 119
조심해야 할 세 가지 습관 ☆ 122
효율적인 독서의 세 가지 자세 ☆ 124
100퍼센트의 행복은 없다 ☆ 126
개 같은 사람, 개만도 못한 사람 ☆ 128
영혼의 보석 ☆ 132
마음 씻기 ☆ 134
우리는 다르다는 말 ☆ 136

선풍기 ☆ 140
화(火) ☆ 142
오래 참고 기다리는 법 ☆ 144
일방적인 사랑은 절대 하지 말라 ☆ 146
매미 ☆ 150

CHAPTER 03
떠나는 자만이 돌아오는 길을 안다

자기 주도적인 사람, 비주도적인 사람 ☆ 155
자기 확신은 자기애에서 온다 ☆ 157
마음의 장벽 걷어내기 ☆ 159
달팽이의 생존방식을 보며 ☆ 161
자신을 돌아보는 시간 갖기 ☆ 163
도서관에서 ☆ 165
아버지라는 이름으로 산다는 것은 ☆ 167
겨울나무 ☆ 169
떠나는 자만이 돌아오는 길을 안다 ☆ 170
자신에게 미안해하지 않기 ☆ 172

오월, 그 푸르른 날에 ☆ 173
삶이 아무리 고달플지라도 ☆ 175
추억을 먹는 아침 ☆ 177
온기가 떠난 가슴 ☆ 179
처연한 갈대로 하얗게 흔들리고 싶다 ☆ 180
가을 길은 모든 것을 품어준다 ☆ 181
따뜻한 위안이 필요할 때 ☆ 183
걷고 싶은 날은 길이 되어 걸어라 ☆ 185
바람에게도 바람의 말이 있다 ☆ 186
그 거리의 간격이 우리를 슬프게 한다 ☆ 188
버릴 때 버려야 미련이 남지 않는다 ☆ 190
위대한 삶, 위대한 하루 ☆ 191
사랑은 불멸의 꽃 ☆ 193
용서란 순정한 영혼의 발자국이다 ☆ 195
막다른 길에서도 호흡을 멈출 수 없는 건 ☆ 197
사랑을 계산하지 말라 ☆ 199
힘들고 외로울 땐 태백으로 가라 ☆ 200
사랑하는 이를 최고로 사랑하라 ☆ 202

CHAPTER 04

마음에서 버려야 할 것, 마음에 새겨야 할 것

성공적인 인생 ☆ 207
일을 즐기며 사는 그대가 되라 ☆ 208
자기 창조 ☆ 210
패배주의에서 벗어나기 ☆ 212
동물적인 삶에 물들지 않기 ☆ 214
자기다움이 성패를 결정한다 ☆ 216
원칙이 있는 삶 ☆ 218
마음에서 버려야 할 것, 마음에 새겨야 할 것 ☆ 222
시련의 고통을 이겨낸 자의 환희 ☆ 224
십이월, 그 거리에서 ☆ 226
꿈을 주는 사람 ☆ 227
새벽이 나에게 주는 의미 ☆ 229
시곗바늘 같은 사랑 ☆ 230
마음을 크게 하기 ☆ 232
언어의 성찬 ☆ 234
쉽게 사랑을 얻으려고 하지 말라 ☆ 237
존중, 그 아름다운 품격 ☆ 239
밥 ☆ 246
연인 같은, 때론 친구 같은 부부 ☆ 248

유쾌하게 소통하기 ☆ 253
소울 푸드 ☆ 258
자유로운 사고 기르기 ☆ 259
불의에 오염되지 않기 ☆ 261
행복한 일을 하라 ☆ 262
노는 만큼 인생은 소비된다 ☆ 264
한옥마을에서 ☆ 266
명동에서 덕수궁까지 ☆ 269
잘된다고 말하면 정말 잘된다 ☆ 271

CHAPTER 05
마음의 근육을 키우는 라이프 워드

인생의 소금 ☆ 275
땀방울은 사람을 속이지 않는다 ☆ 276
인생에 연장전은 없다 ☆ 277
긍정적인 사람과 교류하기 ☆ 278
아무것도 할 수 없는 사람 ☆ 279
멀티 마인드를 갖춘 멀티 플레이어가 되라 ☆ 280
참 좋은 인생 ☆ 281

담대한 마음 ☆ 282
어려움을 물리치는 법 ☆ 283
행동은 말보다 강하다 ☆ 284
세 가지 나쁜 마인드 ☆ 285
꿈을 이루는 다섯 가지 원칙 ☆ 286
모든 것은 한 걸음부터 ☆ 288
자신을 새롭게 코디하는 법 ☆ 289
정체성을 기르는 지혜 ☆ 291
사람 마음을 읽는 기술 ☆ 293
새로운 길을 가는 그대에게 ☆ 294
감동적인 고백 ☆ 296
해를 선물 받다 ☆ 297
가르치는 즐거움 ☆ 299
의미 있는 일에 몸을 사리지 말라 ☆ 302
문 ☆ 304
환한 봄 햇살처럼 ☆ 305
인생의 20대 ☆ 306
책 ☆ 308
미친 사람, 미치지 않은 사람 ☆ 310
반짝반짝 빛나는 말 ☆ 312
자신의 일에 긍지와 자부심 갖기 ☆ 314

CHAPTER 01

사랑하기에 참 좋은 날

사랑하기에 참 좋은 날이다. 이토록 맑고 푸른 하늘 아래 서노라면 가진 것 하나 없어도 미소가 아름다운 여자와 사랑을 시작해도 좋고, 듬직한 남자 친구의 어깨에 기대 음악에 취해도 좋을 것이다.

무념무상(無念無想)에 잠겨 길을 걷다 보니 하늘은 어느샌가 한 편의 시가 되었고, 나는 그 시를 노래하고 있었다.

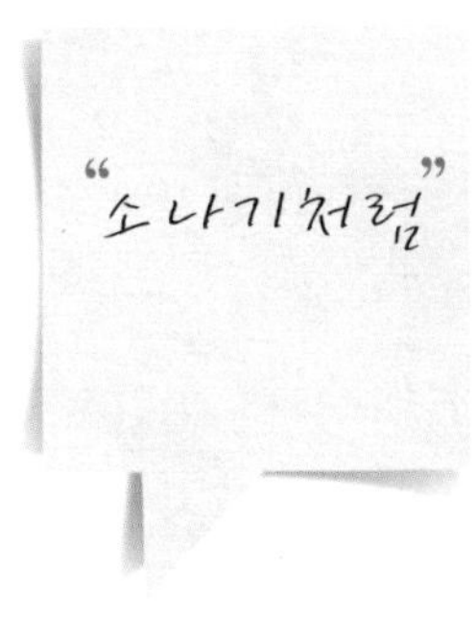

금년 여름은 유달리 장마가 길다. 마치 무더운 날씨를 예고라도 하듯 장마가 끝나자마자 불볕더위가 사나운 이빨을 드러내며 심술을 부려댄다. 사람도, 나무도, 꽃도, 개도, 고양이도 살아 있는 모든 것은 더위에 질려 기를 펴지 못한다. 사람들은 연신 물을 마시고, 그늘이 진 곳이라면 어디든지 파고들지만 더위를 이기기에는 역부족이다.

대지는 거대한 용광로다. 조금만 걷거나 움직여도 땀방울이 미끄럼을 타듯 등줄기를 타고 내린다. 팔월 더위가 이처럼 무서운 적이 있었을까 할 만큼 연일 맹렬히 기승을 부려댄다.

"이럴 때 시원한 소나기라도 퍼부었으면……."

사람들 입에서는 소나기가 내려주었으면 하는 바람으로 가득하다. 자연의 힘 앞에 만물의 으뜸이라는 사람들도 꼼짝 못한다. 완전 속수무책이다.

그동안 자연을 경시하고 함부로 여긴 것이 미안하고 한편으로는 두렵다. 사람이 나약한 존재라는 것이 여실히 증명되고 말았다.

나 역시 집에서 1킬로미터 거리의 우체국을 다녀오면서도 더위 앞에 쩔쩔매며 한없이 나약함을 드러내고야 말았다. 처절하도록 자연 앞에 부끄러웠다.

그런데 갑자기 마른하늘이 어두워지더니 지축을 뒤흔들어대는 뇌성과 함께 소나기를 퍼부어댄다. 소나기 내리는 소리를 듣는 것만으로도 시원함을 느끼기에 충분하다. 길가에 나무들도 반가운 기색이 역력하다. 오므렸던 이파리들을 펼쳐 소나기를 맞는다. 불볕더위를 적시는 소나기가 이처럼 반가운 적은 일찍이 없었다. 이전엔 예고 없이 내리는 소나기에 옷이 다 젖어 투덜거리곤 했다. 그런데 지금은 그저 고맙고 감사할 따름이다.

살아 있는 것들은 때가 되면 저마다 자연으로 돌아가 자연의 일부가 된다. 너나없이 우리는 이제부터라도 한 포기 풀에게, 한 그루 나무에게, 한 줌의 공기에게, 한 그릇의 물에게, 한 움큼의 햇살에게, 한 줄기의 비에게 좀 더 겸손한 마음을 가져야겠다. 우리는 자연에 대한 예의를 지켜야 한다. 나아가 우리는 저마다 누군가의 생애에 무더운 여름날을 시원하게 적시는 소나기처럼 삶의 단비가 되어야 한다. 풋풋하고 질리지 않는 행복한 동행이 되어야 한다.

"부끄럽지 않은 나로 살아가기"

어느 날, 외출했다 돌아오니 우편함에 눈에 익은 이름의 우편물이 들어 있었다. 책이었다. 봉투를 열고 표지를 들추니, 보낸 이는 '김옥림 시인님'이라는 내 이름을 쓰고 당신의 이름을 써 낙관을 찍었다. 등단 50주년을 기념해서 낸 동시 선집이었다. 표지와 장정, 편집에 많은 공을 들인 흔적이 여실히 드러나 더 값지게 다가왔다. 등단 50주년이라는 것은 놀라운 일이다. 현역 작가들 중 등단 50년을 넘긴 이는 그리 많지 않다. 더구나 한 분야에서 50년 이상을 아동문학, 그것도 동시에 치중해온 본인으로서는 대단히 은혜롭고 감사한 일이다. 또 그 뒤를 잇는 후배들에겐 '빛과 소금' 같은 일일 것이다. 그만큼 등단 50주년이 갖는 의미는 크다고 하겠다.

그분을 문학 모임 때 여러 번 뵈었지만 같은 단체에서 활동해본 적은 없다. 하지만 아동문단의 원로로서 후배들에게 귀감이 되는 어른이기에 익히 잘 알고 있었다. 항상 인자한 모습으로 사람들을 대하고 목소리를 낮춰 말하지만 그 목소리엔 범접할 수 없는 힘이 살아 흐른다. 내가 무엇보다 그분을 높이 평가하는 이유는 그분의 작품 활동에 있다. 사물을 포착해 짧고 간결한 동시로 표현해내는 기법은 타의 추종을 불허할 만큼 독보적이다. 때론 지나칠 정도로 함축적이어서 이미지 전달은 좋으나 의미의 전달력이 부족하다 싶을 때도 있지만 어쨌든 그 기법은 그분의 장점이자 누구도 흉내 낼 수 없는 그분만의 특기라고 하겠다.

나는 앉은자리에서 그 책을 다 읽었다. 읽고 나니 무더운 날 맑고 시원한 물을 마신 듯 머리가 맑아졌고 마음이 산뜻해졌다. 그 오랜 세월 한길만 걷는다는 것은 정말 쉬운 일이 아니다. 그런 만큼 충분히 그 열정에 대해 경의를 표해야 할 것이다.

등단 20년이 지난 나에게 그분의 등단 50년 시력(詩歷)은 큰 본(本)이 되기에 부족함이 없다. 나 또한 부끄럽지 않는 삶을 살되, 그분 나이쯤에 누군가에게 귀감이 되고 본이 되도록 더욱 나를 단련시켜야겠다는 생각을 해본다.

어느 분야에서건 평생 한길을 오롯이 걸어 귀감이 되는 분들에게는 마음을 담아 존경을 표해야 한다. 그분들의 삶은 개인적인 차원을 넘어 모든 이가 배워야 할 삶의 표본이기 때문이다. 그런데 언제부터인가 우리 사회는 그런 분들을 홀대하는 경향이 짙어졌다. 한 사람의 소중한 경험은 그 어느 것보다도 귀한 삶의 보고다. 그분들이 평생 쌓아 온 소중한 경험을 귀히 여기고, 그들에 대한 존경과 예를 다해야 할 것이다.

그분이 보내준 시집은 그렇지 않아도 근래에 들어 무더위에 지치고, 작품 활동이 뜻대로 되지 않아 마음 처져 있던 나를 일으켜 세우는 데 큰 힘이 되어주었다.

나는 그분의 등단 50주년을 축하하는 마음을 담은 편지와 내 책을 정성스럽게 담아 보내드렸다. 그분의 등단 50주년 동시 선집은 내게는 마른 갈증을 풀어준 시원한 샘물이었다.

"부끄럽지 않은
삶을 살기 위해
나 자신을
더욱 단련시켜야
한다."

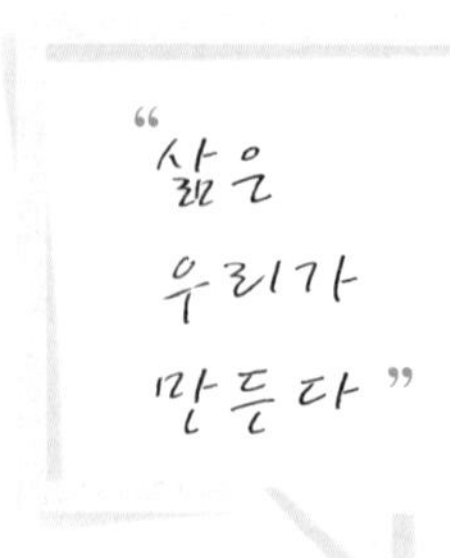

"삶은 우리가 만드는 것이다. 늘 그래왔고 앞으로도 그러할 것이다."

그랜마 모제스의 말이다. 그녀는 그림을 배운 적은 없지만 남편이 죽고 일흔여덟에 자신의 방식으로 그림을 그리기 시작했다. 그녀의 그림은 그리운 추억 등 인간의 정서를 잔잔하게 표현한 소박한 소재가 대부분이다.

그러던 어느 날 미술품 컬렉터가 우연히 시골 약국에 걸려 있던 모제스의 그림을 보게 되었다. 그는 그녀의 그림을 보는 순간 강렬한 느낌을 받았다. 미술품 전문가로서 그녀의 그림이 좋은 평가를 받을 수 있겠다는 감을 느낀 것이다. 미술품 컬렉터는 그녀의 동의를 얻어 작품을 미국 뉴욕 화랑에서 전시회를 열었는데 놀라운 일이 벌어졌다. 그녀의 그림이 많은 사람에게 감동을 주며 큰 인기를 끈 것이다. 그녀는 그야말로 하루아침에 유명 화가가 되었다. 그녀의 그림은 유럽 화랑가에서도 큰 주목을 받았고 그곳에서도 그녀는 일약 스타 화가가 되었다. 그녀의 그림은 뉴욕 메트로폴리탄 미술관을 비롯해 파리 미술관과 러시아 모스크바 푸시킨 미술관 등에서 많은 사람에게 사랑받고 있다.

모제스는 유명 예술가에게 주는 뉴욕메달을 받았으며 트루먼 대통령이 주는 여성프레스클럽상을 수상하였다. 뉴욕에서는 모제스의 100번째 생일을 맞아 그날을 '모제스 할머니의 날'로 정해 그녀의 생일을 축하해주었다.

101세에 세상을 떠난 모제스가 남긴 작품은 무려 1,600여 점이나 된다고 하니 놀라울 뿐이다. 일흔여덟이라는 늦은 나이에 그림을 그리기 시작한 평범했던 그녀가 최고의 화가가 될 수 있었던 것은 자신을 사랑하고 자신이 하고 싶은 일을 진정으로 즐겼기 때문이다.

기회는 언제 올지 모른다. 그런데 그 기회는 아무에게나 오지 않는다. 욕심 부리지 않고 열심히 즐기다 보면 자신도 모르게 기회를 얻게 되는 것이다. 하고 싶은 일이 있으면 나이를 따지지 말고 언제든지 시작하라. 무슨 일이든 시도가 중요하다. 그리고 일단 시작했으면 즐거운 마음으로 즐기면서 해야 한다. 즐기다 보면 그만큼 기회도 더 많이 오는 법이다.

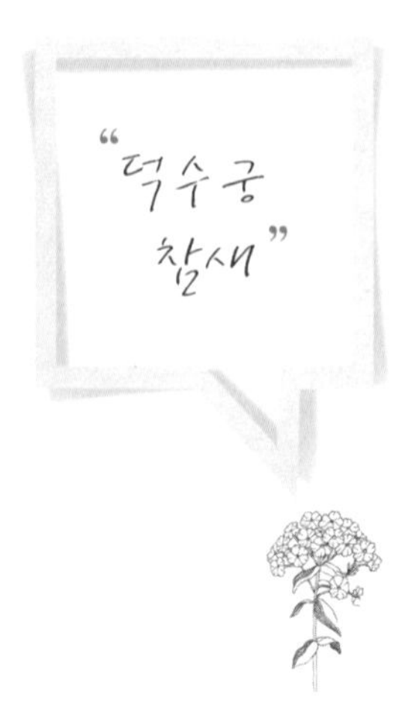

팔월 말, 덕수궁에 갔다. 온 세상을 녹일 듯한 폭염이 물러간 토요일이라서 그런지 덕수궁에는 많은 사람으로 붐볐다. 서울 도심에 숲으로 우거진 유적지가 있다는 것은 축복이다. 접근성이 좋아 언제든지 찾아가 머리를 식히기에 아주 그만이다. 중화전, 죽조당, 함녕전, 덕홍전, 정관헌을 둘러보고 숲으로 우거진 오솔길을 걸었다. 시원한 바람이 불어오자 숲길은 더할 나위 없이 쾌적했다. 나는 숲길을 걸으며 그동안 무더위에 지쳐 있던 마음과 몸을 말끔히 씻어낼 수 있었다.

나는 아이스크림을 사고는 매점 앞 의자에 앉아 오랜 시간 걸어 피곤해진 다리를 쉬게 했다. 그런데 그때 한 무리의 비둘기 사이로 자그마한 참새가 이리저리 통통 뛰어다니며 바닥에 떨어져 있는 과자 부스러기를 쪼아 먹었다. 사람을 두려워하지 않는 비둘기와 달리 참새는 사람 근처엔 얼씬도 하지 않는데, 그 참새는 사람들을 전혀 무서워하지 않았다. 나는 너무도 신기해서 손을 내밀어 참새를 불렀다. 다른 참새 같으면 놀라서 도망을 갈 텐데 내 발 밑에까지 와서는 연신 무언가를 쪼아 먹었다. 그 모습이 너무도 귀엽고 예뻤다.

처음에는 주변에 먹을 것이 많이 떨어져 있어서 도망을 안 가나 생각했지만, 그보다는 사람들이 자기를 해치지 않는다는 걸 아는 듯해서가 아닌가 싶었다. 한낱 미물인 참새도 믿음의 소중함을 아는 까닭이다.

그런데 만물의 으뜸이라는 인간은 어떠한가. 서로 믿지 못해 의심하고 경계하고 불신한다. 그로 인해 다투고 심하면 원수지간이 되고 만다. 인간이라는 게 부끄러울 때가 한두 번이 아니다. 그런데도 그 사실을 잘 모르는 것 같다.

믿음은 인간관계에서 반드시 붙잡아야 할 삶의 필수조건이다. 스스로에게 부끄럽지 않게 믿음을 잘 지켜야겠다.

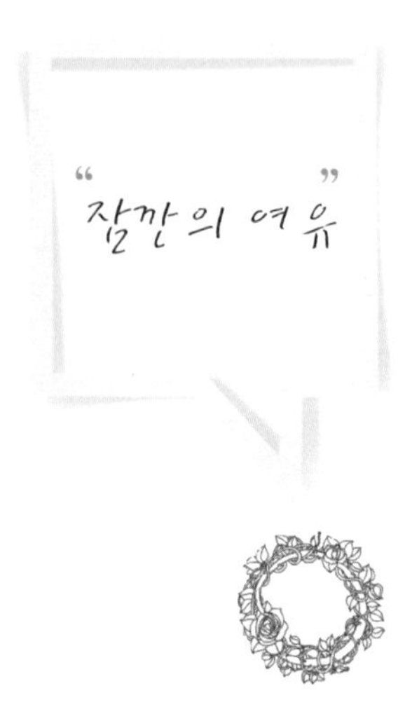

서울에 가기 위해 원주역으로 갔다. 토요일이라서 그런지 사람들이 많아 표가 없었다. 나는 다음 기차표를 끊고 대합실 의자에 앉아 뉴스를 보았다. 그런데 갑자기 대합실 바깥쪽으로 사람들이 몰려들었다. 무슨 일인가 다가가 보니 젊은이들이 연주를 하기 위해 준비하고 있었다.

나는 의자에 앉아 잠시 구경을 하기로 하였다. 그들은 다섯 명으로 구성된 관악합주단 '아파쇼나타' 단원들이라고 했다. 드디어 연주가 시작되었다. 귀에 익은 '오솔레미오'를 비롯해 때론 경쾌한 음악을, 때론 서정성 짙은 차분한 음악을 연주하였다. 한 곡의 연주가 끝날 때마다 청중은 힘차게 박수를 쳐주었다. 사람들이 점점 더 많이 몰려들자 대합실 분위기는 더욱 열기로 차올랐다. 사람들의 얼굴엔 뜻하지 않은 구경거리로 즐거운 표정이 역력했다. 사람들의 호응에 신이 난 단원들은 더욱 흥겹게 연주를 했다. 대합실은 마치 작은 공연장을 방불케 했다. 연주를 더 듣고 싶었지만 어느덧 기차 시간이 다 되었다. 아쉬운 마음을 뒤로한 채 자리에서 일어나 플랫폼으로 향했다. 발걸음이 사뭇 경쾌했다. 잠깐의 여유가 준 즐거움으로 몸과 마음이 상쾌해졌다.

요즘 사람들 입에서는 "힘들어 죽겠다", "사는 게 즐거움이 아니라 고통이다"라는 말이 자신도 모르게 흘러나온다. 그만큼 사는 게 고달프다는 것이다. 몸과 마음이 지치다 보니 마음에 여유라고는 없다. 그러니 작은 일에도 쉽게 화를 내며 서로의 가슴에 상처를 준다.

바쁠수록 돌아가라는 말이 있다. 힘들고 고달플 때 잠깐의 여유를 즐기는 것은 지친 몸과 마음을 푸는 데 매우 효과적이다. 잠깐만 짬을 내보자. 둘러보면 돈 들이지 않아도 될 좋은 구경거리가 많다. 그저 발품을 팔면 된다. 마음의 여유는 삶의 오아시스와 같다. 지치고 힘들수록 마음의 여유를 찾아야 한다. 그래야 새 힘을 얻어 앞으로 나아갈 수 있다.

기차를 타고 가는 내내 조금 전 들었던 '오솔레미오'가 귓가에 맴돈다. 내 입에서도 연신 '오솔레미오' 곡조가 흘러나온다. 서울 나들이 길이 한결 가볍다. 잠깐의 여유가 준 삶의 선물이었다.

충무로에서 저녁을 먹고 인근 스타벅스를 찾았다. 그윽한 커피향이 커피숍을 가득 채웠다. 향만 마셔도 좋을 커피를 시키고 자리에 앉았다. 나는 이내 맞은편에 앉아 있는 30대 여자에게 눈길이 갔다. 그녀는 커피 잔을 앞에 둔 채 다소곳이 수를 놓고 있었다. 빼어난 미인은 아니었지만 매우 여성스러운 단아한 모습의 소유자였다.

‘커피숍과 수놓는 여자’라는 문구를 떠올리면서 공연히 기분이 좋아졌다. 커피숍에 들어온 사람 대부분은 늘 그렇듯 이야기를 나누고 있었다. 하지만 그녀는 오직 수놓는 일에만 집중했다. 문득 그녀에게 말을 걸고 싶다는 생각이 스쳤다. 아주 예전에는 수놓는 여자를 어디서나 심심찮게 볼 수 있었지만 지금은 수놓는 공방이 아니면 거의 볼 수 없다. 나는 옛일이 생각나 그녀에게 정말로 말을 걸어볼까 하다 그만두었다. 공연히 나이 많은 사람의 작업(?) 거는 모양새로 비칠 수도 있을 테니까.

나는 그녀의 모습을 가만히 지켜보았다. 그 몸짓에서 그 옛날 어머니의 모습을 보았고, 누님의 모습을 보았다. 정겨웠던 그 시절이 파노라마처럼 스쳐 지나갔다. 아련한 옛 생각에 가슴이 뭉클거리며 코끝이 찡해졌다. 지금 그 시절을 되돌릴 순 없을까. 아, 세월은 흐르는 강물 같다더니 언제 이렇게 세월이 흘렀을까. 나는 한동안 추억에 젖었다.

커피향이 더욱 짙어지는 저녁 한때, 수놓는 여자의 모습에 취해 나는 현재와 과거 사이의 시간 여행을 즐기며 마음이 한껏 따뜻해졌다. 그녀를 더 지켜보고 싶었지만 다음 일정 때문에 어쩔 수 없이 자리에서 일어났다.

밖으로 나오는 데 수놓는 일에 집중하던 그녀가 고개를 들었다. 순간 나와 눈이 마주쳤다. 나는 엷은 미소를 지었다. 그녀는 잠시 좌우를 돌아보더니 나를 보고 엷게 미소를 지었다. 그 옛날 조선의 양반집 규수 같은 참 고운 여자였다.

다음 장소로 이동하는 내내 내 가슴에서는 연신 맑은 물소리가 났다. 기대하지 않은 선물을 받은 것처럼 참 기분 좋은 저녁이었다.

"칠월에는
기차를 타고
떠나라"

푸른 햇살이 사금파리처럼 빛나는 칠월은
기차를 타고 떠나기 좋은 달이다.
굳이 목적지를 정하지 않아도 좋다.
마음이 시키는 대로 생각이 이끄는 대로 가라.
사랑하는 이와 함께해도 좋고 혼자 떠나도 좋다.
한 권의 시집과 한 잔의 커피와 음악만 있어도
지친 마음과 몸을 씻고 돌아오기에 족하나니
떠나는 순간 일상의 모든 것들은 말끔히 잊어라.
오직 그대만을 생각하고, 먹고, 마시고, 떠들고, 웃어라.
마주치는 이들에게 풋풋한 미소를 보내주어라.
어느 허름한 목로주점에서 탁배기 한 사발에
풋고추를 찍어 마시고 무욕(無慾)의 시간을 맘껏 즐겨라.

비울 줄 아는 자만이 돌아옴의 즐거움을 알리.

칠월은 휴가의 계절이며 피서의 계절이다. 사람들은 바다와 강, 계곡으로 자가용을 타고 간다. 그런데 나는 칠월이면 기차를 더 즐긴다. 내게 칠월은 가차를 타고 떠나기에 가장 좋은 달이다. 앞의 나의 시 '칠월'에는 이런 내 마음이 담겨 있다.

내가 살고 있는 원주에서 서울 출판사에 볼일을 보러 갈 때면 나는 기차를 주로 이용한다. 전에는 소란스러운 것이 싫어 줄기차게 고속버스만 이용했는데, 1년 전부터 기차를 이용하는 재미에 푹 빠져버렸다.

내가 기차를 이용하게 된 데에는 그만한 이유가 있다. 청량리에서 원주까지 단선이던 철로가 복선이 되었기 때문이다. 단선일 땐 1시간 30분이 걸렸는데, 복선이 된 후부터는 새마을호는 1시간, 무궁화호는 1시간 10분이면 청량리에 도착한다. 30분이라는 시간이 별것 아닌 것 같아도 바쁠 때는 금싸라기 같다. 1시간 30분과 1시간이 주는 시간의 차이는 실로 크다. 이 시간의 단축이 나를 기차로 이끈 것이다.

나는 가끔 기차를 타고 안동이나 풍기를 다녀오곤 한다. 원주에서 무궁화호를 타면 풍기까지는 1시간 40분, 안동까지는 2시간 30분 정도가 걸린다. 안동과 풍기를 가는 이유는 번잡스런 생활에 찌든 온몸과 마음을 닦아내기 위해서다. 마음의 찌듦, 몸의 찌듦을 씻어버리는데 안동이나 풍기는 안성맞춤이다.

안동은 가장 한국적인 고도(古都)답게 도산서원, 병산서원, 부용대, 태사묘, 영호루, 하회마을을 비롯한 많은 유적지와 퇴계종택, 농암종택, 학봉종택을 비롯한 수많은 고택을 옛 모습 그대로 품고 있다. 또 이육사 문학관, 한국국학진흥원, 지례예술촌, 월영교, 하회동 탈박물관, 안동민속박물관 등 충분한 볼거리를 제공해준다. 그뿐만이 아니다. 전탑을 비롯한 일일이 열거할 수 없는 수많은 유물과 유적지가 도시 곳곳에 자리하고 있다. 마치 시가지가 거대한 박물관을 연상시킨다.

나는 안동에 가면 내 고향에 온 것처럼 몸과 마음이 평안해진다. 하루 코스로 다녀와도 좋고 며칠 묵었다 와도 좋다. 사랑하는 사람처럼 참 좋다.

풍기는 안동만큼은 못하지만 풍기군수 주세붕이 세운 우리나라 최초의 사액서원인 소수서원을 비롯해 선비촌 등 순흥문화유적권이 자리하고 있어 하루쯤 아무 생각 없이 다녀오기에 좋은 곳이다. 그리고 인근에 부석사가 자리하고 있어 보는 즐거움을 더해준다.

나는 안동이나 풍기에 가면 허름한 식당을 주로 이용한다. 목로주점 같은 느낌 때문이다. 잘 못하는 술이지만 풋고추를 막장에 찍어먹으며 탁배기 한 사발을 마시자면 마냥 행복해진다. 아무것도 가진 게 없어도 부자가 된 듯 마음이 푸근해지기 때문이다.

기차를 타고 유유자적 즐기기 좋은 곳은 강원도다. 강원도에는 태백선과 영동선이 있는데 태백선 방향으로는 영월, 정선, 태백이 있고, 영동선 방향으로는 동해, 정동진, 강릉이 있다. 그리고 철도노선 신설로 폐선이 된 강원도 철암에서 출발해 협곡을 순환하는 협곡 열차가 기차 여행의 묘미를 더해준다. 또 강릉에서 삼척까지 해안철도가 바다를 끼고 이어져 절경을 이룬다. 철도공사의 안내를 받으면 여행상품을 선택하는 데 용이하다. 나는 개인적으로 강원도가 좋다. 골짜기를 끼고 달리는 기차가 나에게 환상을 선물해주기 때문이다.

하루 이틀 세상에 두고 온 모든 것을 까맣게 잊어도 좋다. 칠월이 오면 무작정 가차를 타고 떠나라. 기차 여행은 계절에 상관없이 좋지만 녹음이 우거진 칠월이면 더 좋다. 기차를 타고 녹음이 우거진 골짜기를 달려보라. 온몸 가득 푸릇푸릇 돋아나는 푸른 세포로 육체가 싱싱해짐을 느낄 것이다. 또 한층 맑아진 정신이 새로운 상상력에 생기를 불어넣어줄 것이다.

출판사에 볼일이 있어 지하철 동대문역사공원역에서 2호선을 갈아타기 위해 가는데, 앞서 가던 아가씨 세 명 중 뚱뚱한 몸매의 아가씨가 말했다.

"내가 뭐 어때서?"

그러자 한 친구가 되받아 말했다.

"그래도 그렇지, 너한테는 좀 그렇다."

"난 누구 눈치도 안 볼 거야. 내가 하고 싶은 대로 하고, 입고 싶은 대로 입을 거야."

뚱뚱한 몸매의 아가씨는 친구의 말에 전혀 물러서지 않고 당당히 말했다. 그녀들의 말을 얼핏 들어보니 뚱뚱한 몸매의 아가씨가 입은 초미니스커트에 대한 이야기였다. 뚱뚱한 몸매에 맞지 않게 미니스커트 길이가 너무 짧아 사람들한테 흉이 되지나 않을까, 하는 친구의 핀잔에 그녀는 자신이 좋으면 그만이지 신경 쓰지 않겠다는 말이었다.

외모 지상주의가 판치는 요즘 성형수술이 대세다. 그런데 뚱뚱한 몸매의 아가씨는 남의 시선 따윈 신경 쓰지 않겠다고 말한 것이다. 나는 그녀의 당당함에 박수를 쳐주고 싶었다. 그녀의 당당함이 참 아름다웠다.

남이 시장에 가니 나도 시장에 간다는 말이 있다. 자기다움을 잃고 무조건 남을 따라서 하는 줏대 없는 이들이 많다. 이런 요즘 분위기 속에서 뚱뚱한 몸매의 아가씨는 얼마나 심지가 굳고 단단한가.

남과 다른 삶을 살고 싶다면 자기만의 당당함을 길러라. 그 당당함이야말로 자신을 확실한 길로 나아가게 할 것이다.

인생의 시

사랑은

누군가에게는 때론

눈물이며,

또 때로는

기쁨이 되기도 하는

황홀한 '인생의 시(詩)'이다.

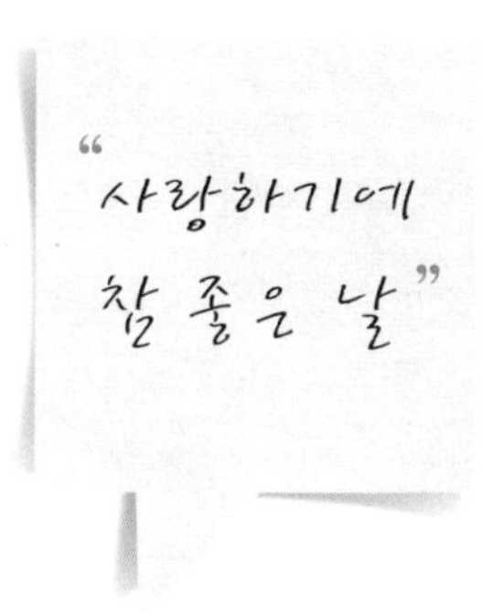

어느 가을날, 하늘을 올려다보니 티끌 하나 없이 맑고 푸르렀다. 구름 한 점 없이 그토록 맑고 푸른 하늘을 보기란 참 드문 일이라 한참을 바라보았다. 읽던 책을 그대로 두고는 밖으로 나갔다. 방 안에서 그냥 책만 읽기에는 날씨가 너무 아까웠다. 나는 나의 산책 코스를 천천히 걸었다. 길가엔 코스모스가 무리지어 피어 있고, 고추잠자리들이 떼를 지어 멋진 비행을 하며 가을을 즐기고 있었다. 길옆 나지막한 언덕 위에 밤나무는 어린아이 주먹만 한 밤송이들을 주렁주렁 매달고 가을 햇살에 흠뻑 취해 있었다. 그냥 걸어가는 것만으로도 기분이 날아갈 듯 상쾌했다. 다만, 내 사색의 고요를 깨뜨리며 염치없이 줄지어 지나가는 차량 행렬이 눈살을 찌푸리게 했다.

검은 구름으로 가득 찼던 어제의 하늘과 티끌 하나 없이 맑고 푸르른 오늘의 하늘이 이렇게 다를 수 있을까. 하루라는 시간의 격차가 만들어놓은 자연의 변화가 새삼 놀라울 뿐이다. 이런 날은 하던 일 잠시 접어두고 사랑하는 이와 함께 도란도란 이야기를 나누며 걸어도 좋고, 평상에 배 깔고 엎드려 시집을 읽어도 좋고, 여럿이 둘러앉아 맛있는 배추김치에 찐 감자를 나누어 먹어도 참 좋을 것이다.

무엇보다도 사랑하기에 참 좋은 날이다. 이토록 맑고 푸른 하늘 아래에서라면 가진 것 하나 없어도 미소가 아름다운 여자와 사랑을 시작해도 좋고, 듬직한 남자 친구의 어깨에 기대 음악에 취해도 좋을 것이다.

무념무상(無念無想)에 잠겨 길을 걷다 보니 하늘은 어느샌가 한 편의 시가 되었고, 나는 그 시를 노래하고 있었다.

징검다리

사랑은

두 사람의 마음을 이어주는 징검다리이다.

사랑은

두 사람의 행복을 품어주는 징검다리이다.

사랑은

두 사람의 슬픔을 덜어주는 징검다리이다.

사랑은

두 사람의 생각을 열어주는 징검다리이다.

사랑은

두 사람의 기쁨을 더해주는 징검다리이다.

사랑은

두 사람의 고통을 보듬어주는 징검다리이다.

사랑은

두 사람의 눈물을 막아주는 징검다리이다.

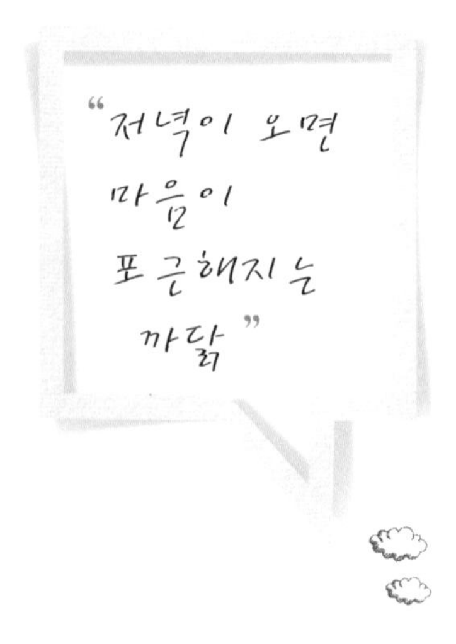

서점에 갔다 오는데, 퇴근한 직장인들이 우르르 거리로 쏟아져 나온다. 사람들의 얼굴엔 저마다 퇴근이 주는 자유로움에 웃음기가 가득하고, 사랑하는 연인과의 만남을 재촉하듯 그 발걸음들이 경쾌하다. 보는 것만으로도 푸른 생기가 넘친다.

나는 글을 쓰는 자유직업을 갖고 있으므로 퇴근이 주는 자유로움을 만끽할 수는 없지만 그 기분은 충분히 이해한다. 나 또한 시인이 되고 작가가 되기 전에는 퇴근의 즐거움을 누렸었다. 그때 퇴근길에 아이들이 좋아하는 케이크, 아이스크림을 사 들고 가곤 했다. 현관에 들어서기가 무섭게 내 품에 안기던 어릴 적 아이들 생각이 난다. 생각만으로도 가슴이 들뜬다.

저들 중 누군가도 케이크 혹은 아이스크림을 사 들고 갈 것이다. 까만 눈망울을 초롱초롱 반짝이며 기다릴 아이들이 있는 집을 향해 경쾌하게 발걸음을 옮길 것이다. 그리고 집에 도착해서는 아이들의 열렬한 환영을 받을 것이다. 아이들을 끌어안고 입맞춤을 하며 한바탕 깨꽃 같은 웃음을 피울 것이다. 그러는 동안 아내는 정성껏 끓인 두부찌개를 식탁에 올려놓고 아이들과 아빠를 식탁으로 불러들일 것이다. 하루 동안 있었던 이야기를 쏟아놓으며 맛있게 저녁을 먹을 것이다. 저녁을 먹은 후에는 온 가족이 둘러앉아 과일을 먹으며 즐거운 시간을 보낼 것이다.

저녁이 오면 마음이 포근해지는 건 사랑하는 가족들이 기다리고 있을 집이 있기 때문이다. 그 집에서 같이 먹고, 마시고, 떠들고, 웃으며 서로에게 행복을 나누어준다는 건 얼마나 감사한 일인가.

사랑하는 가족이 있음을 감사하라. 편히 쉴 집이 있음을 감사하라. 일할 직장이 있음을 감사하라.

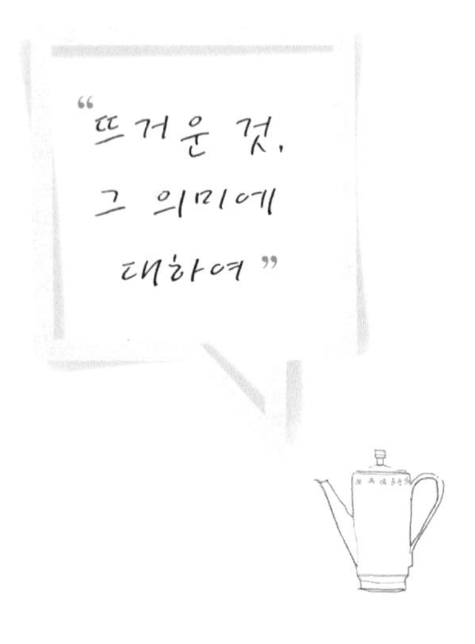

오월의 어느 날, 길을 걸어가는데 아카시아 향기가 소낙비처럼 쏟아져 내린다. 길옆 낮은 언덕 위에 아카시아 나무숲이 있는데 거기에서 나는 향기였다. 달콤한 꿀 향기에 취해 잠시 그 자리에 서서 연신 킁킁댔다. 몸속이 맑아지는 듯 기분이 상쾌해졌다. 그런데 어디서 날아왔는지 한 무리의 벌들이 앞다퉈 아카시아 꽃을 차지하기 위해 치열한 몸싸움을 벌였다. 가히 폭력적이라고 할 만큼 싸움은 격렬했다.

순간 내 몸속의 피가 뜨거워지는 것을 느꼈다. 생명의 전율이 인다는 것은 그런 경우를 두고 하는 말일 것이다. 그렇다. 뜨겁다는 것은 생명이다. 생명은 뜨거워야 한다. 뜨겁지 않은 것은 생명이 아니다.

세상이 새롭게 변하는 것은 산 것들 모두가 뜨거움을 품고 있기 때문이다. 살아 있는 것들이 내뿜는 생명의 열기가 새로운 생명을 탄생

시키고, 새로운 활기를 불어넣는 까닭이다.

무릇 삶이란 뜨거워야 한다. 미칠 듯이, 죽을 듯이 뜨겁게 산다면 결과가 어찌됐건 자신에게는 부끄럽지 않은 인생이다. 적어도 자신에게는 떳떳한 삶이어야 한다.

사랑도 마찬가지다. 사랑 또한 생명처럼 뜨거운 것이어야 한다. 죽음도 불사할 만큼 사랑은 때로 목숨을 거는 것이다. 자신이 누군가를 사랑하고 있다면 스스로를 한번 돌아보라. 죽을 만큼 뜨겁게 사랑하는지를……. 자신의 사랑이 주체하지 못할 만큼 뜨겁다면 당신은 사랑다운 사랑을 하는 것이다. 그러나 그렇지 않다면 당신의 사랑은 식었거나, 열정이 부족하다는 증거다.

"사랑할 수 있다는 것은 모든 것을 할 수 있다는 뜻이다."

이는 안톤 체호프가 한 말로, '사랑의 정의'를 확실하게 보여준다고 하겠다. 치열하게 사랑하고, 부족함 없이 행복을 누려라.

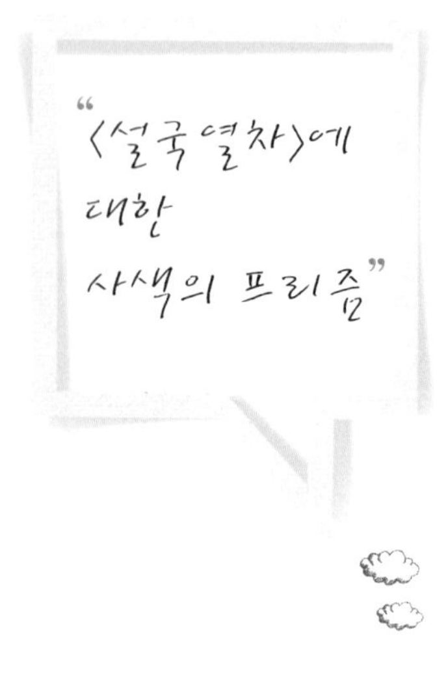

참으로 오랜만에 영화관에서 영화를 보았다. 봉준호 감독의 〈설국열차〉다. 영화관에는 사람들로 인산인해를 이루었다. 소문난 영화이다 보니 사람들의 기대심리가 매우 크다는 걸 알 수 있었다. 나 역시 〈설국열차〉에 대한 기대심리가 컸다. 나는 〈실미도〉, 〈괴물〉 등 이른바 흥행에 성공한 영화도 직접 영화관에서 보지 않았다. 오랜 시간이 지나 텔레비전을 통해 본 게 고작이었다.

그런데 〈설국열차〉만큼은 달랐다. 나는 예매를 하고 상영 시간 전까지 서점에 머물며 책을 사고, 식당에 들러 이른 저녁을 먹었다. 그러고는 들뜬 마음으로 영화관에 가 자리를 잡고 앉아 영화가 시작되길 기다렸다. 드디어 영화가 시작되었다.

지구온난화를 막기 위해 ‘CW-7’이라는 것을 각 나라마다 대대적으로 살포하였다. 그 결과 극심한 한파가 몰아쳤고, 지구는 냉각되어 눈으로 뒤덮인 설국으로 변하였다. 지구상에 존재하는 생명체는 다 죽고 말았다. 살아남은 것은 설국열차에 탄 사람들뿐이다. 설국열차는 1년에 지구를 한 바퀴씩 돌면서 쉼 없이 달린다. 기차가 멈추는 순간 그것은 곧 죽음을 뜻하기 때문이다. 설국열차를 만든 윌 포드는 열차 맨 앞 엔진 칸에 자리하고 각 칸마다 일어나는 일들을 모니터로 소상히 파악하고 있는 절대 권력자다. 그리고 윌 포드를 신처럼 추종하는 메이슨 총리를 비롯한 친위부대 사람들과 열차 앞 칸에서 온갖 호사를 누리며 지내는 상류층 사람들은 선택받은 이들이다. 중간 칸에서 지내는 이들은 보통 사람들이다. 그리고 꼬리 칸에 살고 있는 사람들은 바퀴벌레로 만든 프로틴 블록으로 목숨을 연명한다. 그들은, 프로틴 블록을 먹기 전에는 살기 위해 사람들을 죽여 인육을 먹었다. 사람으로서는 도저히 해서는 안 되는 일이 같은 열차를 탄 사람들 사이에서 일어난 것이다. 한마디로 열차 앞 칸과 꼬리 칸은 천국과 지옥이라고 할 만큼 극과 극이었다. 지구의 마지막 생존열차인 설국열차에도 계층별로 삶이 구분되어 있다는 것에 환멸을 느꼈다. 더불어 인간이라는 존재는 매우 냉혹하고 무자비하다는 것을 다시금 깨달았다.

윌 포드의 군대는 설국열차에 인구가 늘어나는 만큼 사람들을 참혹하게 죽였다. 그것은 설국열차의 질서를 유지하기 위한 명분 아래 자행되는 인간사냥이었다. 명분은 한정된 열차의 조건으로, 사람수가 늘어나면 먹는 것, 입는 것 등으로 곤란을 겪게 된다는 이유였다. 꼬리 칸 사람들은 부당한 처우에 불만을 품고 폭동을 일으키지만 주동자 일곱 명은 모두 죽고 만다. 그 후 커티스를 위시하여 길리엄의 호위무사인 그레이 등 꼬리 칸 사람들은 길리엄을 설국열차의 지도자로 존경하며 또 다시 윌 포드를 제거하기 위해 기회를 엿본다. 그리고 마침내 윌 포드 군대와 혈투를 벌이며 한 칸 씩 앞으로 나아간다. 행동대장 커티스는 감옥에 있던 보안 설계자인 남궁민수를 찾아 쇳덩어리 열차의 문을 열 것을 부탁한다. 한국인 남궁민수는 산업 폐기물이자 인화물질인 크로놀에 중독되어 크로놀만 주면 문을 열어주었다.

많은 희생을 치르고 드디어 커티스는 윌 포드를 만난다. 윌 포드는 길리엄이 자신과 절친한 사이라는 것과 설국열차의 질서 유지를 위해 사람들을 죽였음을 밝히고, 길리엄 역시 자신과 견해가 똑같았음을 말한다. 이에 커티스는 놀라움을 감추지 못한다. 자신이 지도자로 존경하던 길리엄 또한 윌 포드와 다를 바가 없는 사람이었기 때문이다. 이에 윌 포드는 커티스에게 자신을 이어 설국열차의 지도자가 되어달라고 말한다. 커티스는 자신에게 주어진 뜻밖의 상황에 혼란스러워한다. 그런데 그때 엔진 룸 안에 아이가 갇혀 있음을 보게 된다. 커티스는 아이가 왜 그 좁은 곳에 있느냐고 묻자 윌 포드는 엔진의 작은 부품이 유실되는 바람에 아이가 부품을 대신하여 기계를 돌본다고 말했다. 이에 분노한 커티스는 윌 포드를 가격하여 기절시킨다. 그리고 아이를 구해내기 위해 안간힘을 쓴다. 그때 남궁민수의 딸 요나가 성냥을 달라며 커티스에게 온다. 요나는 아이를 구하려는 커티스를 목격한다. 커티스는 요나에게 마지막으로 남은 한 개비의 성냥을 주고 요나는 아버지의 지시대로 크로놀로 만든 폭탄에 불을 붙인다. 곧이어 큰 폭발음과 함께 설국열차는 무참히 파괴되고 열차에 타고 있던 사람들은 죽고 만다. 살아남은 사람은 요나와 흑인 아이뿐이다. 두 아이는 눈 덮인 산에서 서성이는 북극곰과 마주친다. 그리고 영화는 끝을 맺는다.

〈설국열차〉를 보고 나서 한동안 가슴이 먹먹해 견딜 수가 없었다. 앞으로 인류에게 닥칠 미래를 보는 것 같아 영 마음이 개운치 않았다. 나는 나의 에세이에서 밝혔지만 지금보다 더 잘사는 것을 바라지 않는다. 인류는 발전이라는 명분 아래 그동안 지구를 너무나 혹사시켰다. 그로 인해 지구온난화가 급속히 진행되고 있다. 북극과 남극의 빙하는 하루가 다르게 녹고 있다. 지금 이상기온 현상으로 전 세계가 극심한 고통에 시달리고 있다. 수없이 발생하는 지진과 해일, 집중호우와 극심한 한파 등 지역을 가리지 않는 이상기온 현상으로 이미 세계는 초비상 사태에 직면해 있다. 이 모든 것은 인간의 욕심이 만든 결과다.

지금 인류는 더 이상의 경제적인 발전 대신 병들어 망가진 지구를 되살리는 일에 목숨을 걸어야 한다. 그렇지 않으면 영화 〈설국열차〉처럼 전 인류는 멸망하게 될 것이다. 지구는 더 이상 인간들에게 관용을 베풀 마음이 없다는 걸 잊어서는 안 된다.

〈설국열차〉의 원작자 뱅자맹 르그랑(글)과 장마르크 로셰트(그림)는 그 모티브를 노아의 방주에서 찾지 않았을까 하는 생각이 들었다. 물론 이것은 어디까지나 내 생각에 따른 것이니만큼 오해가 없기를 바란다.

그런데 여기서 노아의 방주와 설국열차의 엄청난 차이를 발견할 수 있다. 노아의 방주는 하나님의 명령에 따라 의인 노아가 방주를 만들고 자신의 가족과 각 짐승 암수 한 쌍씩, 살아 있는 것들을 배에 태운다. 이내 40일 주야로 비가 퍼부어댔다. 그로 인해 지구의 모든 사람과 살아 있는 것은 죽고 말았다. 노아의 방주는 평화를 상징하고 새로운 시작을 알리는 희망의 방주였다. 홍수가 그치고 살아남은 자들은 하나님의 명령에 따라 새로운 세계를 만들어나갔다.

그러나 설국열차는 죽음을 상징하고 멸망을 상징한다. 설국열차에는 온갖 죽음이 만연하고, 음모와 폭력으로 아비규환을 이룬다. 극한 상황에서 똘똘 뭉치지 못하고 가진 자와 못 가진자, 지위가 있는 자와 없는 자로 나뉘는 등 불평등과 비민주주의가 횡행한다. 야심에 사로잡힌 자들과 그들을 제거하려는 자들과의 불협화음은 결국 모두를 죽음으로 몰아갔다.

인류의 최후를 맞는 '노아의 방주'와 '설국열차'는, 하나는 새 희망으로 그리고 다른 하나는 멸망으로 대조를 이루며 어떻게 살아야 하는지를 가슴 깊이 각인시킨다.

더 이상 욕심을 부리지 말아야 한다. 더 많이 가지려고 없는 자들을 무시해서는 안 된다. 서로 나누고, 서로 합심해서 병든 지구를 살려야 한다. 그래야 지구에 희망이 생긴다. 이를 무시하고 지금처럼 무지막지하게 자연을 파괴시킨다면 자연은 더 이상 인간들에게 관용을 베풀지 않을 것이다.

이 글을 쓰는 내 귓가엔 눈 덮인 설국 위에서 굉음을 내며 달리는 설국열차의 소음이 죽음의 소리처럼 들려온다. 그리고 사람들의 비명이 떠도는 바람처럼 음산하게 들려온다. 영화의 장면을 떠올리는 것만으로도 찢어질 듯 가슴이 아프다. 이런 참혹한 비극을 방지하기 위해 우리는 현실을 직시하고 대책을 세워야 한다. 그것이 지구가 멸망하지 않고 평화롭게 유지되는 최선의 길이다.

더 늦기 전에

사랑하는 이에게 더 늦기 전에 사랑한다고 말하십시오.
더 늦기 전에 당신을 만나서 행복했다고 말하십시오.
지금은 영원하지 않습니다.
언제 어떻게 변할지 모르는 게 인생입니다.
오늘은 더 이상 오늘이 아니듯 사랑하는 이가 당신 곁에 있을 때
한 번 더 웃어주고, 한 번 더 눈길을 건네고,
한 번 더 함께 길을 걷고, 한 번 더 같이 차를 마시고,
한 번 더 손을 잡아주고, 한 번 더 가장 아름다운 말로 격려해주고,
한 번 더 가장 풍족한 말로 칭찬해주고,
한 번 더 가장 넉넉한 품격으로 축복해주고,
한 번 더 따스한 가슴으로 안아주십시오.

지금 저 하늘을 바라볼 수 있다는 것,
지금 저 푸르른 강물을 바라볼 수 있다는 것,
지금 사랑하는 사람들과 함께할 수 있다는 것,
지금 이 순간 내가 살아 있다는 것에 대해 감사하십시오.
오늘은 내게 있어도 내일의 오늘은 없을지도 모릅니다.
지금 이 순간이 가장 아름답고 소중한 순간입니다.
자신에게나 사랑하는 이에게 가장 빛나는 당신이 되십시오.

"사랑의 고통을
두려워하지
않기"

사랑하다 보면 사랑의 환희에 취해 온 세상을 다 가진 것처럼 행복하다고 고백한다. 이와 반대로 사랑하다 보면 크나큰 아픔으로 고통을 호소할 때가 있다. 환희와 고통은 사랑을 하다 보면 자연스럽게 겪게 되는 사랑의 산물이다. 문제는 사랑의 환희는 기쁘게 받아들이면서 사랑의 고통엔 고개를 절레절레 흔들며 피하려고 한다는 데 있다. 이런 사랑은 진실한 사랑이 아니다. 진실한 사랑을 가장한 거짓 사랑이다. 진실한 사랑이란 환희를 느낄 때나 고통스러울 때나 변함이 없어야 한다.

참된 사랑을 원한다면 고통을 두려워하지 않는 사랑을 하라. 이런 사랑은 그 어떤 상황에서도 변치 않고, 사랑하는 이를 끝까지 지켜주려고 한다. 이런 사랑이야말로 누구나 바라는 절대적인 사랑일 것이다. 다음은 사랑의 고통에 대한 시다.

당신을 사랑하는 고통을 나는

도저히 견디지 못할 겁니다.

걸으면서도 당신을 두려워한답니다.

당신이 서 있는 그곳에서

어둠이 시작되고

당신이 나를 쳐다볼 때

그 눈으로 어스름밤이 다가옵니다.

아, 태양 속에 머무는 그림자를

난 이제껏 본 적이 없답니다.

당신을 사랑하는 고통을 나는

도저히 견디지 못할 겁니다.

이 시는 영국의 대표적 소설가이자 시인인 데이비드 로렌스가 쓴 '사랑의 고통'이다. 원래 로렌스 작품의 특징으로는 인간의 본능적인 성(性)을 가감 없이 보여줌으로써 인간이 지닌 원시적인 성을 작품화했다는 데 있다. 특히 《채털리 부인의 사랑》은 영국 사회에 치열한 논쟁과 더불어 막대한 영향을 끼칠 만큼 파격적이었다. 그런 작품을 쓴 그가 시 '사랑의 고통'에서는 전혀 다른 모습을 보여준다.

사랑으로 인해 겪는 고통은 아프면서도 절절하고, 애절하면서도 아름답다. 사랑의 고통은 죽고 싶을 만큼 힘들다. 그러나 사랑의 고통은 참된 사랑을 알게 하는 묘약이기도 한데, 이 시에는 이런 사랑의 관점이 잘 드러나 있다.

이탈리아 속담 중 '사랑이 깊으면 고통도 크다'라는 말이 있다. 톨스토이는 말했다.

"깊이 사랑할 수 있는 자만이 큰 고뇌를 경험하게 된다."

사랑이 깊을수록 고통도 크다는 것을 알 수 있다.

당신은 사랑의 고통을 겪게 되면 어떻게 할 것인가를 생각해본 적이 있는가. 만일 생각하지도 않았다면 마음 깊이 생각해보라. 사랑의 고통을 두려워하는지를……. 혹시 사랑의 고통을 두려워한다면 그 마음을 없애기 바란다. 어떤 사랑이든 고통 없는 사랑이란 없으니까. 사랑은 고통을 겪으며 더욱 깊어간다. 그리고 마침내 참된 사랑으로 남게 되는 것이다.

"진실한 사랑이란
환희를 느낄 때나
고통스러울 때나
변함이 없어야
한다."

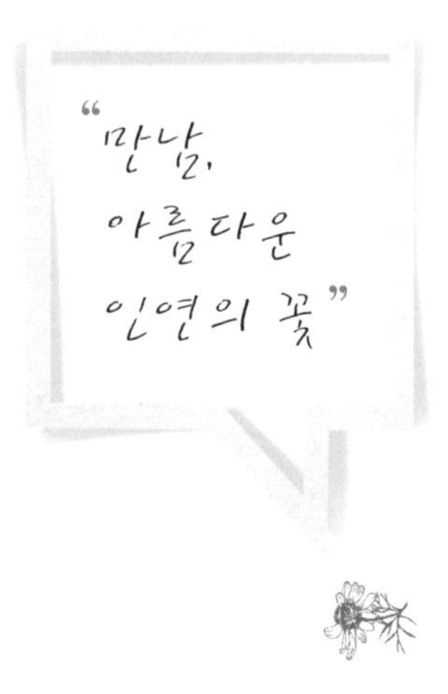

살면서 우리는 자의든 타의든 수많은 사람을 만난다. 사람이 사람을 만나는 것은 자연스러운 일이다. 삶은 만남 속에서 이루어지고 이어가는 존재의 장(場)이다. 만남에는 소중한 만남도 있고, 불필요한 만남도 있고, 아름다운 만남도 있고, 불행한 만남도 있다. 소중하고 아름다운 만남은 행복을 주지만, 불필요하고 불행한 만남은 후회와 아픔을 남긴다. 다음은 만남의 소중함을 잘 드러내는 이야기다.

한 귀족 소년이 방학을 맞아 시골로 놀러 갔다. 소년은 수영을 즐기기 위해 호수에 뛰어들었다. 그런데 발에 쥐가 나는 바람에 위급한 상황에 처하게 되었다. 귀족 소년은 살려달라고 소리쳤다. 그 소리를 듣고 한 소년이 달려왔다. 소년은 망설이지 않고 물에 뛰어들어 귀족 소년을 구해주었다. 귀족 소년은 목숨을 구해준 소년과 친구가 되었다.

방학이 끝나고 귀족 소년이 런던으로 돌아갔다. 그 뒤에도 두 소년은 편지를 주고받으며 우정을 키워나갔다.

열세 살이 된 시골 소년이 학교를 졸업하자 귀족 소년이 물었다.

"넌 커서 뭐가 되고 싶니?"

"의사가 되고 싶지만, 우리 집은 가난해서 그럴 수 없어. 둘째 형이 돈을 벌고 있긴 하지만 아직은 내 학비를 대줄 형편이 못 돼."

귀족 소년은 생명의 은인인 소년을 돕기로 마음먹고 아버지에게 말씀드려 런던으로 데리고 왔다. 시골 소년은 귀족 소년의 도움으로 런던의과대학에 진학해 마침내 의사가 되었다. 그 후 포도당구균을 배양하다 발견한 푸른곰팡이를 연구하여 페니실린이라는 기적의 약을 만들었다. 당시에는 뇌막염, 폐렴 같은 병을 치료하는 약이 없어 많은 사람이 죽었는데, 페니실린이 그 병에 걸린 사람들을 살려냈다. 그는 공로를 인정받아 1945년에 노벨의학상을 수상하였다. 그가 바로 알렉산더 플레밍이다.

귀족 소년은 육군사관학교를 나와 군인이 되었고, 26세 때 국회의원이 되었다. 그는 전쟁 중 폐렴에 걸려 생명이 위독하였다. 이 소식을 들은 플레밍은 전쟁터로 달려가 젊은 정치가를 살려냈다. 젊은 정치가는 훗날 영국 수상을 두 번이나 역임하였다. 그가 바로 제2차 세계대전의 영웅이었으며 회고록 《제2차 세계대전(*The Second World War*)》을 써 노벨문학상을 받은 윈스턴 처칠이다.

이 둘의 만남은 우연이 아닌 필연이다. 하늘이 맺어준 인연이 아니고서야 어떻게 이토록 어름다운 인연이 있을 수 있을까. 그 어떤 극적 드라마도 이보다 더 극적일 수는 없을 것이다. 처칠과 플레밍은 서로의 인생에서 꼭 필요한 만남이었던 것이다.

요즘처럼 책이 안 팔리는 시대에 책을 내기란 더욱 힘들어졌다. 그래서 많은 작가가 책을 내지 못해 발을 동동 구른다. 책을 내는 데에는 제작비가 제법 든다. 그런 만큼 자비로 책을 내기란 사실 쉬운 일이 아니다. 이를 잘 아는 나로서는 동료 작가들에게 작은 힘이라도 되어주고 싶어 몇몇 동료에게 책을 낼 수 있도록 주선해주었다. 그들은 처음엔 하나같이 고맙다며 거듭 감사의 말을 했다. 하지만 막상 책이 나오자 그들의 태도가 확연히 달라졌다. 책이 나와도 책 한 권 보내준 사람이 없고, 빈말이라도 차 한 잔 하자는 사람이 없었다. 나는 동료 작가로서 순수한 마음으로 도움을 주었는데, 마치 그들은 짠 듯 하나같이 똑같은 모습을 보였다. 나는 그들에게서 깊은 절망감 같은 것을 느꼈다. 소중한 인연을 너무나 헌신짝 버리듯 여겼기 때문이다.

현대인들은 나이의 많고 적음을 떠나 만남의 소중함을 쉽게 잊고 사는 것 같다. 만남을 자신의 목적을 위한 수단으로 삼기도 한다. 목적을 이루고 나면 너무 쉽게 만남을 놓아버리는 것이다. 그러다 보니 불신감만 늘어나고, 서로를 믿지 못하는 일이 비일비재하다. 이런 만남은 서로를 삭막하게 만들고, 만남의 가치를 훼손시킴으로써 인간관계를 단절시킨다.

만남을 목적의 수단으로 삼아서는 안 된다. 목적을 갖고 만나는 만남은 순수성이 없다. 좋은 만남을 이어가기 위해서는 첫째, 만남에 한 치의 거짓이 없어야 한다. 둘째, 만남 자체가 생애의 기쁨이 되어야 한다. 셋째, 서로에게 의미 있는 만남이 되어야 한다. 넷째, 만남을 그 어떤 이익을 위한 수단으로 삼아선 안 된다. 다섯째, 삶의 가치를 충족시키는 만남이 되어야 한다.

'이야기를 나눌 만한 가치를 지닌 사람을 만났음에도 말 한마디 걸지 못했다면, 이는 모처럼 멋진 친구를 얻을 기회를 스스로 놓친 것이나 다름없다. 사람과 사람 사이에 인연은 먼저 노력하지 않으면 얻을 수 없다.'

이는《논어》에 나오는 말인데, 좋은 인연은 노력으로 이루어짐을 의미한다.

처칠과 플레밍이 좋은 인연을 지속적으로 이어갈 수 있었던 것은 서로가 서로에게 관심의 끈을 놓지 않았기 때문이다. 그랬기에 그 둘은 세상에 두고두고 회자되는 만남의 모범이 될 수 있었다.

'옷깃만 스쳐도 인연이다'라는 말이 있다. 그렇다. 밤하늘에 별처럼 바닷가에 모래알처럼 수많은 사람 중 나와 인연이 되어 만난 사람은 참 소중한 이가 아닐 수 없다. 이런 귀인을 함부로 여기거나 소홀히 함으로써 만남을 단절시키는 일은 없어야 한다. 그것은 자신에게도 상대에게도 불행한 일이며 슬픈 일이다. 누군가에게 기억되는 소중한 삶을 살 때 그 사람의 인생은 더욱 값진 평가를 받을 것이다.

"의미 있는 만남,
생애의 기쁨이 되는 만남,
삶의 가치를
충족시키는 만남."

"가끔 골목길을 걸어보라"

골목길이 점점 사라지고 있다. 주거 형태가 아파트로 바뀌면서 일어난 현상이다. 아파트라는 주거 형태는 우리의 오랜 골목 문화를 사라지게 했다. 우리의 골목길은 단순히 골목길이 아니다. 이웃 간엔 만남의 장소였고, 연인들에게는 데이트를 한 후 헤어지는 아쉬움을 달래주는 공간이었고, 아이들에겐 해 질 녘까지 신 나게 뛰놀 놀이터였다. 어딜 가든 골목길의 모습은 다 똑같았다.

골목길이 왁자지껄해야 사람 사는 맛이 났다. 그래서일까. 골목길이 조용한 날은 무엇인가 소중한 것을 잃어버린 듯 허전한 기분이 들곤 했다. 그런데 그처럼 정겨웠던 골목길이 사라지자 골목 문화도 사라지고 말았다. 골목길이 사라지자 사람들의 인심이 고약해졌다. 이웃끼리 봐도 못 본 척하기 일쑤다. 이웃 간에 정이 사라져버렸다.

나는 아파트에서 27년째 살고 있지만, 요즘 들어 더더욱 아파트가

지겨워졌다. 단지 편리하다는 이유만으로 아파트에 살고 있지만, 갖가지 소음공해에 무절제한 흡연으로 인한 고통이 이만저만이 아니다. 여건만 되면 언제든지 아파트를 떠날 것이다.

나는 가끔씩 골목길을 걸어가곤 한다. 골목길의 추억을 느끼기 위해서 말이다. 골목길을 걷다 보면 옛일이 주마등처럼 스쳐 지나간다. 골목길을 걸은 날은 꿈속에서도 골목길을 걷는다.

사는 일이 팍팍하거나, 사람들이 그리워지거나, 마음이 울적하거나, 가끔씩 외로울 땐 골목길을 걸어보자. 그냥 걷는 것만으로도 마음의 묵은 찌꺼기가 다 씻겨나가는 쾌감을 느낄 것이다.

"지하철 안 풍경, 내면의 속살을 보다"

서울에 오자면 나는 지하철을 이용한다. 이용하기 편리하고 속도가 빨라서 두세 군데 볼일을 보는 데는 아주 그만이다. 그런데 지하철을 타면 2호선이든 3호선이든 4호선이든 호선에 관계없이 지하철 풍경은 한결같다. 뭐가 그리 피곤한지 조는 사람들이 꼭 있다. 무엇보다 가장 흔한 풍경으로, 아이, 중고등학생, 어른 할 것 없이 모두가 스마트폰에서 눈을 뗄 줄을 모른다. 과거엔 책을 읽거나 신문을 읽는 사람들이 비교적 많았는데 지금은 가뭄에 콩 나듯 어쩌다 있을 뿐이다.

스마트폰은 분명 21세기의 혁명이라고 할 만큼 놀라운 발명품임이다. 스마트폰 하나면 은행에 가지 않아도 은행 볼일을 보고, 각종 민원을 앉은자리에서 처리할 수 있다. 또한 갖가지 정보를 한눈에 알 수 있고, 가족 오락이나 게임도 할 수 있다. 트위터, 페이스북, 카카오톡 등의 다양한 SNS를 통해 사람들과 소통할 수 있다. 이처럼 스마트폰은 문명의 이기로써 부족함이 없다.

문제가 있다면 스마트폰을 너무 광신한다는 것이다. 사람들과의 직접적인 만남이 줄어들다 보니 인간성이 상실되어, 이렇게 가다가는 필경 인간조차 기계화될 것 같다는 생각이 드는 건 왜일까. 아무리 문명의 이기가 편리하다지만 그 편리함이 오히려 인간의 생각을 단순화시키고, 인간을 문명의 노예로 전락시킬지 모른다는 노파심은 억지일까.

나는 왠지 자꾸 그런 생각이 든다. 요즘 알츠하이머 등의 치매환자가 늘어난다고 한다. 특히 염려스러운 것은 젊은이들의 치매가 늘고 있다는 점이다. 치매의 원인을 현대 의술로는 100퍼센트 명쾌하게 규명할 수 없지만, 생활환경의 변화와 음식, 간단한 계산도 계산기에 의존하는 등 스마트폰 같은 문명의 이기가 주된 원인이라고 의학자들은 말한다. 인간의 편리함이 오히려 인간들에게 해가 되어 돌아오는 이 아이러니를 어떻게 봐야 할까.

나는 이런 생각을 하곤 한다. 머지않아 지구에는 큰 변화가 올 거라고 말이다. 인간이 편리함을 위해 만든 문명의 이기에 의해 정복당하고, 그래서 결국 인간이 종말을 맞게 될 거라고…….

비약이 너무 심하다고 말하는 이도 있을 것이다. 하지만 그렇다고 해서 내 생각을 거둬들이거나 부정하고 싶지 않다. 지금 전 세계는 기후변화에 따른 심각한 고통을 겪고 있다. 기록적인 눈이 내리고, 폭우로 집이 떠내려가고, 지진으로 수많은 사람이 죽고, 빙산이 녹아내려

북극 동물들이 죽어가고 있다. 모든 것이 정상에서 벗어나 잘못되어가고 있는 게 분명하다.

그렇다면 이 모든 책임은 누구에게 있는가. 바로 우리 자신이다. 인간들이 자연의 소중함을 모르고 발전이라는 명분 아래 아주 오랫동안 자연을 심하게 학대해온 결과다. 나도 주범, 너도 주범, 우리 모두가 공범이다. 지금부터라도 우리는 공기 한 줌, 물 한 그릇, 풀 한 포기, 나무 한 그루도 애지중지해야 한다. 내 몸처럼 아끼고 보살펴야 한다. 이것이 자연에 대한 인간의 예의다.

거듭 말하지만 나는 지금보다 더 발전되는 게 싫다. 더 좋은 편리함도 싫고, 더 나은 안락함도 싫다. 더 많은 부도 원치 않는다. 그것은 곧 스스로를 멸망으로 이끄는 지름길임을 너무나 잘 알고 있는 까닭이다.

얼마 전 모 회사에서 스마트폰을 공짜로 준다고 하니 사람들이 몰려들어 아우성치는 바람에 수십 명이 넘어지고 짓밟혀 다치는 사고가 있었다. 물론 그럴 수 있다. 그러나 한낱 기기에 인간의 체통을 떨어뜨리는 일은 하지 않는 게 좋다. 이 시점에서 한번 곰곰이 생각해봐야 한다. 나는 과연 인간답게 잘 살고 있는가를…….

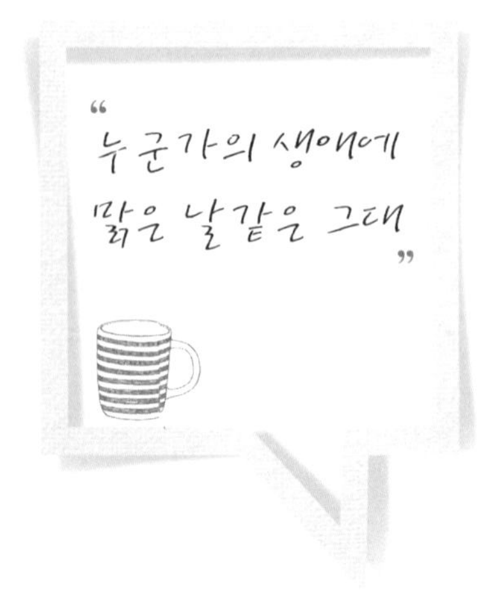

오랜 장마가 끝난 뒤 햇살 맑은 날, 길을 가자니 무더운 날씨는 여전하지만 마음만큼은 상쾌하다. 머리도 맑고 몸도 가볍다. 콧노래가 절로 난다. 나는 지나치는 사람들을 아랑곳하지 않고 콧노래를 부르며 경쾌하게 발걸음을 옮긴다.

상쾌한 마음 때문일까? 눈에 보이는 모든 것이 푸르고 싱싱하다. 맑다는 것은 그것이 마음이든 날씨든 기분 좋은 일이다. 장마가 지나가고 난 뒤라서 더욱 그러하겠지만 맑은 날은 누구에게나 상쾌한 마음을 선물한다.

우리는 모두 누군가의 생애에 맑은 날씨 같은 존재가 되어야 한다. 시커먼 먹구름처럼 우중충하다면 얼마나 곤혹스러운 일인가.

사람이 살아가면서 절대 해서는 안 되는 것이 있다.

첫째는 아무 데서나 담배를 피워 주변 사람들을 괴롭게 하지 말아야 한다. 담배 싫어하는 사람은 죽기보다 싫은 게 담배 냄새다.

둘째는 소음을 일으켜 피해를 주지 말아야 한다. 아파트 등 공동주택의 소음 문제가 매우 심각하다. 이를 법제화하지 않으면 심각한 사회적 문제로 발전할 수 있다.

셋째는 자신의 유익을 위해 남에게 상처를 주지 말아야 한다. 거짓으로 광고하여 소비자들을 속이는 일, 잘 아는 사람에게 사기를 치는 일 등은 해선 안 된다.

넷째는 교통법규를 잘 지켜야 한다. 음주운전을 하거나 신호등을 지키지 않아 아무 죄 없는 사람들에게 피해를 주어서는 안 된다.

이 밖에도 남에게 피해를 주는 일은 그 어떤 것도 하지 말아야 한다. 그것은 자신의 영혼을 갉아먹는 패악한 일이다.

맑은 날처럼 밝은 마음으로 살아간다면 누구에게나 의미 있는 인생이 될 것이다. 그러면 누군가에게 영원히 기억되어 두고두고 읽히는 멋진 '인생의 시'로 남을 것이다.

"따뜻한 것은
뜨거운 심장을
닮았다"

따뜻한 가슴, 따뜻한 눈빛, 따뜻한 손길, 따뜻한 입술, 따뜻한 미소, 따뜻한 숨결, 따뜻한 이미지를 가진 사람이 나는 좋다.

따뜻한 햇볕, 따뜻한 만남, 따뜻한 밥, 따뜻한 위안, 따뜻한 태양 등 가슴 깊은 곳을 뒤흔들며 뜨거움을 솟게 만드는 따뜻함, 그 따뜻함이 나는 참 좋다.

따뜻한 것은 뜨거운 심장을 닮아 있어 모두의 마음을 하나로 끌어 모은다. 그대는 따뜻한 사람을 가졌는가? 자신의 목숨처럼 그대를 지켜줄 뜨거운 피를 가진 사람을…….

"사랑하는 사람과 손끝이 스치거나 테이블 밑으로 발끝이 조금만 닿아도 온몸의 피는 한순간 격렬하게 흐른다. 마치 화염에 뛰어든 듯 온몸이 열기로 후끈 달아오르고 전기에 감전된 듯 찌릿하여 움찔거리며 피하게 된다. 그래서 사랑에 빠진 이는 이내 그 화염 속으로 다시 뛰어들고 싶어진다.”

이는 괴테가 한 말로 사랑의 감정을 명료하게 보여준다. 그렇다. 사랑의 감정이란 가마솥도 녹일 만큼 뜨겁다.

오월의 붉은 태양을 가로질러 한 쌍의 새가 날아간다. 그것을 바라보는 내 눈이 반짝반짝 빛난다. 갑자기 새로운 세포가 돋는지 온몸이 따스하게 환해진다.

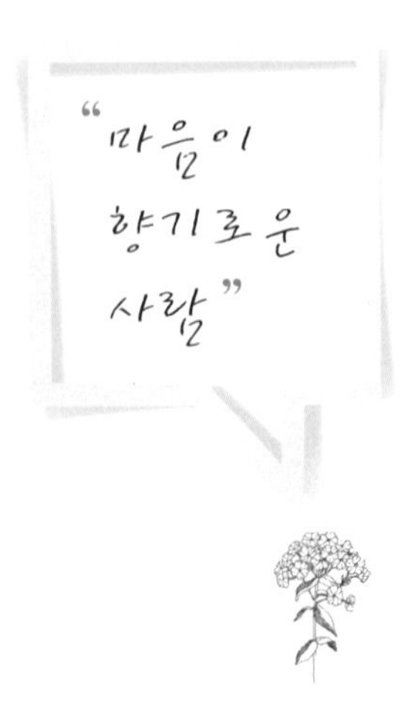

마음 깊은 곳에서 우러나오는 사랑의 마음을, 그윽한 눈빛에서 뿜어져 나오는 그 따뜻한 마음을 사랑하는 이들에게 전하는 사람, 아름다운 마음에서 오는 무지갯빛 꿈을 꽃다발로 엮어 나보다도 사랑하는 이에게 기쁨으로 건네주는 사람, 손해를 감수하면서도 자신의 책임을 다하는 사람, 남보다 앞서 가기보다는 뒤따라가며 부족함을 챙기는 사람, 상대방의 잘못을 알면서도 못 이기는 척 받아주는 사람, 배려와 양보를 당연하게 생각하며 실행하는 사람, 상대가 곤란해할 때 그 이유를 미리 알고 막아주는 사람, 쉬운 일은 상대에게 미루고 힘든 일은 자신이 맡아서 하는 사람, 잘못한 이가 미안해하지 않도록 잘못을 살포시 덮어주는 사람……. 이런 이를 마음이 향기로운 사람이라고 한다.

마음이 향기로운 사람이 되기 위해서는 사랑하는 이보다 조금은 나를 낮추고, 반 발짝만이라도 뒤로 물러서서 먼저 사랑하는 이를 배려하고 따스한 사랑을 전해주어야 한다. 그리고 그의 사랑을 받아들여야 한다.

모든 사랑의 아픔과 눈물과 고통은 사랑하는 이보다 나를 높이 세우려는 욕망에서 오는 것이다. 진실로 아름다운 사랑을 원한다면 자신을 낮추고 욕망을 잠재우는 그대가 되라.

"마음이
향기로운 사람은
따스한 사랑으로
상대를
배려한다."

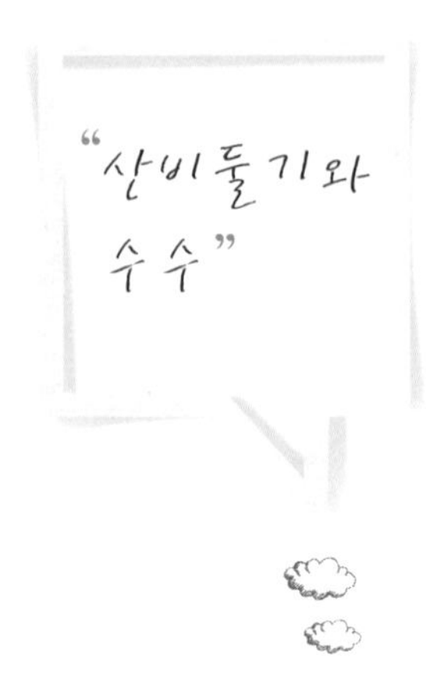

어느 날 산길을 가다 뜻밖의 광경을 보게 되었다. 가을 햇살이 하얗게 쏟아져 내리는 산기슭 수수밭에서 산비둘기 두 마리가 수숫대궁에 올라앉아 맛있게 수수를 쪼아 먹고 있었다. 수숫대궁은 어머니가 아가에게 젖을 물리듯 산비둘기에게 제 몸의 모든 것을 내어줄 것만 같았다. 그 모습이 어찌나 우리 어머니의 모습을 닮았던지 한참을 서서 지켜보았다. 산비둘기는 사람의 인기척에도 도망가지 않고 찰싹 매달려 맛있게 수수를 쪼아댔다. 산비둘기도 아는 것이다. 내가 자신을 해치지 않으리라는 것을…….

어머니라는 이름만으로도 가슴이 뭉클거린다. 자식을 위해서라면 목숨까지도 아낌없이 내어주시는 어머니, 배를 곯아도 자식만큼은 어떻게 해서라도 먹게 하시는 어머니, 자식을 위해서라면 고통은 아무것도 아니라고 생각하시는 어머니, 아픈 자식 머리맡에 앉아 밤을 지새

우는 것조차 행복으로 아시는 어머니, 어머니가 있기에 세상의 자식들은 제 몫을 다하며 살아갈 수 있었다.

실러는 어머니에 대해 이렇게 말했다.

"신은 어느 곳에서나 있을 수 없어 어머니를 만드셨다."

그렇다. 어머니는 신을 대신할 만큼 사랑이 깊고 넓고 각별하다. 하지만 자식이라는 존재는, 나부터라도 지극히 이기적이고 자기중심적이다. 나는 늘 어머니께 죄송하다. 헤아려보니 잘한 것보다는 못한 것이 더 많기 때문이다. 나의 불효를 무엇으로 씻을 수 있을지 생각만 하면 찢어질 듯 마음이 아프다.

오늘도 못난 자식을 위해 간절한 마음으로 기도하고 계실 어머니를 생각하니 눈시울이 붉어진다.

"어머니, 당신의 자식으로 태어나게 해주시니 감사합니다. 어머니, 존경합니다. 그리고 사랑합니다."

아침에 눈을 뜨면 나는 기도를 한다. 일용할 양식을 주신 것의 고마움에 대해, 내 두 아이의 미래와 행복을 위해, 내가 쓴 글이 사람들에게 용기를 주고, 꿈을 주고, 인생의 소중한 의미가 되길 간구하며, 가족 모두가 건강하고 화목하게 살아가기를 소망하며, 잘못된 일은 반성하며, 감사한 일은 행복한 마음을 담아 기도한다. 기도를 하고 나면 마음이 개운하다. 그런데 어쩌다 아침 기도를 건너뛰면 마음이 개운치 못하다.

기도는 스스로를 돌아보고 마음을 살피는 데 아주 좋은 자신과의 대화법이다. 그래서 자신과의 대화를 많이 나눌수록 삶의 폭은 한층 깊어진다.

"기도란 그것을 통해 어둠에서 하나님을 보는 거울이다."

"기도는 하늘에서 축복을 가져오며, 근로는 대지에서 축복을 캐낸다. 기도는 하늘의 수레이며, 근로는 지상의 수레이니 둘 다 행복을 가져온다.”

이 말들은 기도의 중요성과 효용성을 잘 나타내준다고 하겠다. 그만큼 기도가 인간에게 미치는 영향이 크다는 것이다.

아침 기도는 하루를 즐겁게 시작하는 상쾌한 삶의 활력소다. 기쁠 때도 기도하고, 우울할 때도 기도하고, 감사할 때도 기도하고, 화가 날 때도 기도하고, 맑은 날에도 기도하고, 비오는 날에도 기도하라. 기도함으로써 안 보이던 길이 열리고, 암흑 같은 시련도 극복할 수 있으며, 자신이 소망하는 것을 이루는 데 큰 힘이 될 것이다.

나는 산책 중 길에서 꽃을 보자면 멈추어 서서 대화를 한다. "너, 참 예쁘게 생겼구나!", "목은 마르지 않니?", "나에게 향기를 선물해줘서 고맙구나" 등등의 말을 건네고 나면 꽃들도 내 말을 알아듣기나 한 것처럼 더 예쁜 모습으로 더 좋은 향기를 뿜어낸다. 물론 이것은 나만이 주관적 감정이지만, 어쨌든 꽃과의 대화는 나를 기분 좋게 해준다.

언젠가 읽은 기사가 생각난다. 식물학자들의 연구 결과에 의하면 꽃들도 인식을 한단다. 예쁘다고 말하면 좋아하고, 자신을 막 만지고 뜯고 하면 괴로움을 느낀다고 한다. 그 기사를 본 후로는 더더욱 꽃과의 대화가 즐거워졌다. 혹여, 실수로 꽃잎을 세게 건들기라도 하면 얼른 이렇게 말하고 어루만져준다.

"꽃아, 많이 아팠지? 미안해."

그러면 내 마음을 읽기라도 한 것처럼 꽃은 방긋 웃어준다.

살아 있는 것들은 사람이든 짐승이든 나무든 꽃이든 풀이든 다 소중하다. 살아 있는 것들이 함께 어울려 삶은 질서를 유지하고 발전을 거듭하는 것이다.

그런데 인간이라는 이유로 우리는 얼마나 오만하게 굴고 있는가. 기분 나쁘다고 나무를 걷어차고, 꽃이파리들을 싹둑 잘라내고, 지나가는 고양이에게 돌팔매질을 해댄다.

인간으로 태어난 것은 대단한 축복이다. 나무도 꽃도 짐승도 말은 못하지만 인간인 우리를 무척 부러워할 것이다. 정작 인간들은 그 감사함을 모른다.

나는 꽃과의 대화를 통해 나를 돌아보곤 한다. 누군가에게 꽃 같은 사람이 되어야겠다고 말이다. 그러나 아직도 나는 수양이 많이 부족함을 느낀다. 어떨 땐 내가 인간인 것이 꽃에게 미안할 때가 있다. 그럴 땐 아무 말 없이 꼭꼭 숨고만 싶다.

그대도 꽃과 대화를 해보라. 처음엔 '이게 대체 무슨 우스꽝스런 짓이래?' 하는 생각이 들 것이다. 그러나 참고 꾸준히 해보라. 꽃처럼 해맑아지는 마음을 느끼게 될 것이다.

꽃은 때론 나의 연인이며 때론 나의 이상이기도 하다.

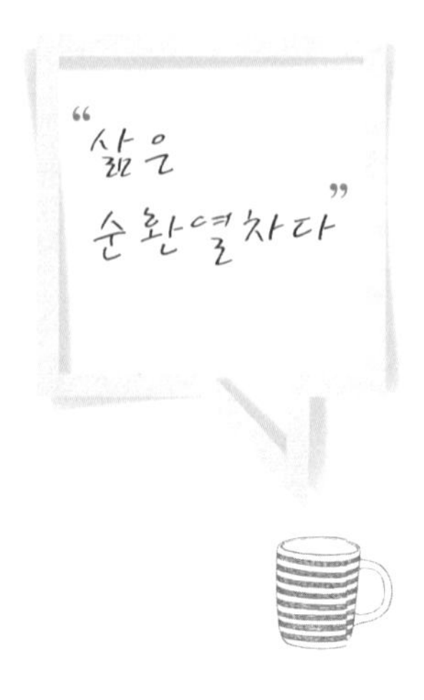

기차는 자동차와 달리 레일 위를 달린다. 그러다 보니 노선이 언제나 일정할 수밖에 없다. 매일 같은 코스의 레일을 달리는 게 열차다. 그런데 같은 열차를 타고 같은 코스를 달려도 맑은 날, 비 오는 날, 바람 부는 날, 눈 오는 날 등 날씨에 따라 그 느낌이 제각각이다. 맑은 날은 날아갈 듯 가벼운 마음이 들고, 비오는 날은 나름대로 센티멘털해지곤 한다.

지금도 잊지 못하는 일이 있다. 강릉에서 열차를 타고 원주로 온 적이 있다. 그때가 칠월 말이었는데 비가 부슬부슬 내렸다. 지금은 폐선이 되었지만 도계에서 태백을 가려면 통리역을 지나야 했다. 이곳은 고도가 높아 열차가 스위치백(고도가 높은 지역을 열차가 오르기 위해 앞뒤로 왔다 갔다 하는 철도의 기술적 장치)이라는 것을 통해 오르내린다. 그때 이곳을 지나는데 안개가 산 전체를 휘감고 있었다. 열차가 마치 구름 위에 떠서 구름 터널을 빠져나가는 것처럼 운치가 있었다. 비오는 날이면 가끔 그때의 기억이 떠오르곤 한다.

바람 부는 날은 바람 부는 날대로 시원한 기분을 느끼고, 눈이 오는 날은 설원을 달리는 눈썰매처럼 동심에 사로잡힌다. 이렇듯 같은 노선을 달리는 열차도 날씨에 따라 그 느낌이 새롭게 다가온다.

삶은 끝없이 달리는 열차와 같다. 우리는 삶이라는 열차에 동승해서 날마다 달려가고 있다. 삶의 열차를 타고 가다 보면 기쁘고 행복한 날도 있고, 우울하고 슬플 때도 있고, 생각대로 일이 잘 안 될 때도 있고, 시련과 고통으로 힘들 때도 있다. 매일 기쁘고 행복하기만을 바라는 게 인지상정인데, 사실 그런 삶의 열차는 어디에도 없다. 삶의 열차는 희로애락을 반복하며 레일 위를 달려가는 순환열차다. 지금 행복하다고 너무 요란을 떨 필요도 없고, 불행하다고 기가 꺾일 필요도 없다. 삶의 열차를 타고 가다 보면 행복과 불행은 수시로 교차하며 온다.

지금 그대가 힘든 상황에 놓여 있다고 해도 절대 좌절하지 말라. 희망을 잃지 않는 한 시련과 고통은 반드시 지나가게 되어 있다. 그리고 그 자리에 행복과 기쁨이 찾아들 것이다. 그 어느 때라 할지라도 삶의 열차를 사랑하라.

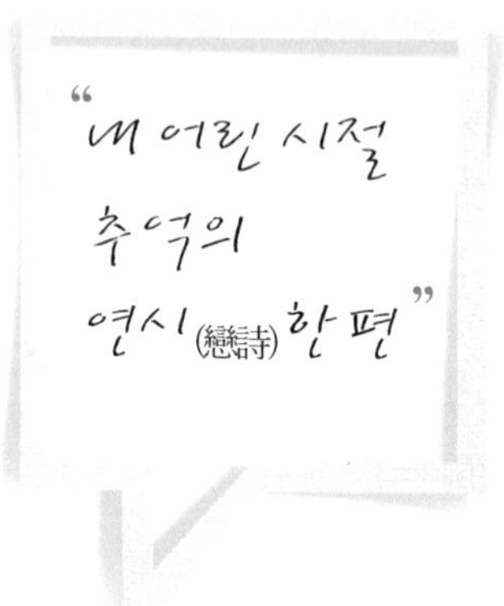

나 어릴 적

그 집 앞을 지나치려면

발길은 보이지 않는 그 무엇에 이끌려

한참을 서성거렸다

소녀는 무엇을 하는지 보이질 않고

반쯤 열려진 창으로

바람만 제 집인 양 들락거렸다

한때 나도 바람이 되고 싶었다

소녀를 가까이할 수 있다면

바람이 되어도 좋았던 적 있었다

소녀는 포스터의 오수제너를 좋아했다
소녀가 부르는 오수제너는
내 발길을 그 집 앞으로 다다르게 했다

소녀는 한 송이 목화 꽃처럼 맑았다
너무 맑고 희어 아기 달님이
하늘에서 내려왔나 싶었다

소녀가 가끔 나를 보고 웃어줄 땐
어린 내 마음속에선
몇 날 며칠을 맑은 시냇물 소리가 들렸다

술집에 나가는 젊은 엄마를 따라
서울서 온 소녀는
사슴처럼 눈이 맑아 늘 외로워 보였다

나는 소녀의 어린 느티나무가 되고 싶어
늘 오가며 그 집 앞에
달빛 그림자처럼 기웃거렸다

그 어린 시절 나의 서정이 무르익고

작은 사랑의 세계가 주렁주렁 열렸던

오고 가며 가슴 설레었던

눈꽃처럼 빛나던 그 집 앞

'그 집 앞'이라는 나의 시다. 나의 어린 시절을 추억하며 쓴 시로, 이 시를 쓰고 나서 참으로 행복한 마음이 들었다.

그러니까 내가 초등학교 6학년 때 일이다. 어느 날 학교에 갔다 오니 아기 달님처럼 하얗고 예쁜 여자아이가 우리 집 건넌방으로 이사를 온 것이다. 그 애는 5학년이고 이름은 나은빈이라고 했다. 그 애 엄마는 술집 마담으로 일했다. 배우처럼 참 예뻤다.

은빈이는 나를 잘 따랐다. 나는 동네 애들이 보고 놀릴까 염려하면서도 은빈이가 놀러 가자고 하면 개울이며 들로 쏘다니며 즐거운 시간을 보내곤 했다. 붙임성이 좋은 은빈이는 거칠 게 없었다. 언제나 자신의 생각을 거침없이 드러내며 행동했다. 가끔 나를 당황시킨 것은 "나는 오빠가 참 좋아"라고 말하거나 길을 걸을 때 내 손을 꼭 잡는 일이었다. 나는 얼른 손을 빼서 저만치 떨어져 걸으라고 툭 쏘아붙이곤 했다. 나는 서울 여자애들은 은빈이처럼 다 그런가 하고 생각하곤 했다. 그에 비해 나는 내 생각과는 반대로 행동했다. 좋으면서도 퉁퉁거리고, 무뚝뚝하게 대했다. 은빈이는 그런 나를 이해하지 못하는 표정으로 바라보곤 했지만 그럼에도 나를 친오빠처럼 줄곧 따랐다. 은빈이와 신 나게 논 날은 은빈이가 건넌방에 있는데도 생각났다. 그 애를 생각하면 가슴이 두근두근 방망이질을 해댔다. 당시에는 그것이 무엇을 의미하는 줄 몰랐지만, 어쨌든 기분이 아주 묘했다. 나는 은빈이를 통해 이성에 대한 감정에 눈을 뜨기 시작한 것이다.

그러던 어느 날, 은빈이네는 우리 집에서 다른 집으로 이사를 갔다. 나는 그때 얼마나 속상했는지 모른다. 너무 속상해 눈물을 흘리곤 했다. 물론 은빈이는 이사를 간 후에도 날마다 우리 집으로 와 재잘거리며 놀다 가곤 했다. 하지만 곧 우리 집에서 살 때와는 달리 조금 서먹해졌다. 은빈이는 변함이 없었지만 내 마음이 그랬다. 한 치 건너 두 치라는 말이 있듯 우리 집에서 살지 않으니 거리감이 느껴지는 건 당연한 일이었다.

나의 6학년 생활은 거의 은빈이와 함께였다. 그러던 어느 날 가슴이 무너지는 듯한 충격적 소식을 접해야만 했다. 여느 때처럼 우리 집에 온 은빈이가 아기 사슴 같은 여린 눈방울로 눈물을 글썽였다. 그러고는 서울로 이사를 갈 거라고 말했다. 나는 큰 충격을 받았지만 꾹 참았다. 그리고 은빈이가 돌아간 후 엉엉 울었다. 내가 우는 소리를 듣고 왜 우느냐고 어머니가 물었다. 나는 “은빈이가 이사를 간대요” 하며 아주 서럽게 울었다. 어머니는 나를 꼭 안아주며 말씀하셨다.

“그랬구나. 옥림아, 사람은 만나면 헤어질 때가 있는 법이란다. 지금은 많이 슬프겠지만 이담에 또 만날 수 있단다. 그러니 너무 슬퍼하지 말거라."

나는 어머니 말이 귀에 들어오지 않았고, 또 그 말의 의미를 생각하고 싶지 않았다. 단지 은빈이가 간다는 사실만이 슬플 뿐이었다.

며칠 후 학교에서 돌아오니 은빈이가 간다며 나를 찾아왔다는 엄마의 말을 들었다. 나는 버스정류장으로 바람같이 달려갔다. 버스는 조금 전에 떠났다고 했다. 나는 버스를 보기 위해 시냇가 제방(堤防)으로 달려갔다. 제방에 이르렀을 때 버스가 저만치 가고 있었다. 나는 은빈이가 볼지 몰라 손을 흔들며 큰 소리로 외쳤다.

"은빈아, 잘 가! 나중에 꼭 편지해!"

나는 내 목소리가 들리지 않는다는 걸 알면서도 계속해서 외쳐댔다. 버스는 저 멀리 꼬리를 감추며 사라져갔다. 나는 털썩 주저앉았다. 내 눈에서는 눈물이 주르르 흘러내렸다.

"으, 은빈아, 잘 가."

나는 이렇게 중얼거리며 한참을 제방 위에 앉아 있었다. 해가 지고 어둠이 밤안개처럼 내리고서야 집으로 돌아왔다. 그때가 열세 살, 내 인생에서 가장 슬픈 날이었다.

그리고 42년의 세월이 흐른 지금까지 은빈이의 소식을 한 번도 들은 적이 없다. 그녀도 어딘가에서 잘 살고 있을 것이다. 그녀와의 만남은 이루어지지 않았지만 그 시절 그때의 추억은 내 마음에 오롯이 살아 있다.

사람은 추억을 먹고사는 동물이다. 추억만으로도 얼마든지 행복할 수 있다는 것은 인간만이 누리는 기억의 축복이다. 그때의 기억을 떠올리며 쓴 시 '그 집 앞'이 아름다운 추억을 간직한 채 살아가는 이들에게 한 편의 소중한 추억을 선물했으면 한다.

"사람은
추억을
먹고사는
동물이다."

CHAPTER 02

삶이 허기질 때, 우리를 위로하는 것들

삶은 때때로 내 의지와는 상관없이 바람이 되기도 하고, 비가 되어 내리기도 하고, 또 어느 날은 눈이 되기도 한다.

삶은 그런 것이다. 허기가 지기도 하고, 배가 부르기도 하고……. 그리하여 삶이 허기질 땐 모두를 내려놓고

가장 눈부시던 자신의 모습을 생각하라.

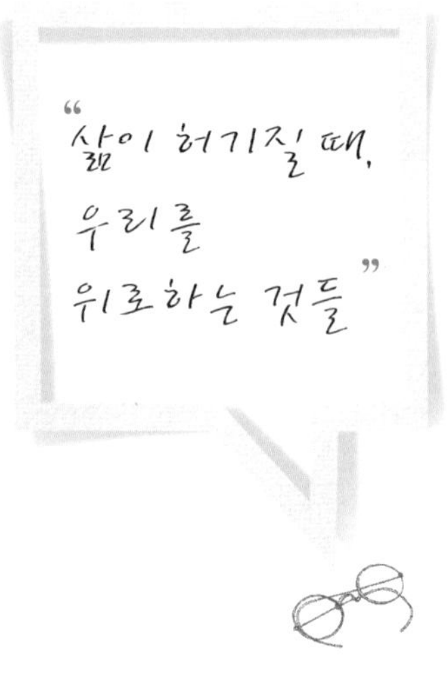

삶이 허기질 땐 사랑을 하라. 눈이 맑은 사슴처럼 서로의 가슴을 맑게 채워줄 그런 사랑을 하라.

삶이 허기질 땐 추억에 잠겨보라. 사랑하는 이들과 툇마루에 빙 둘러앉아 맛있는 음식을 먹으며 아름다웠던 때를 회상하라.

삶이 허기질 땐 최고의 순간을 떠올려보라. 소중했던 이들의 이름을 하나씩 하나씩 노트에 적으며 목숨처럼 뜨거웠던 그때를 떠올려보라.

삶이 허기질 땐 가장 행복했던 순간을 생각하라. 그리고 힘들고 어렵고 고달픈 일들은 잠시 내려놓아라.

삶이 허기질 땐 아직은 이루어지지 않은 빛나는 미래를 그려보라. 그리고 달라져 있을 자신의 모습을 상상하며 용기를 내어라.

삶이 허기질 땐 밖으로 나가 마음이 시원해질 때까지 걸어라. 맑은 공기를 맘껏 마시고 나면 폐부까지 시원해질 것이다.

삶은 때때로 내 의지와는 상관없이 바람이 되기도 하고, 비가 되어 내리기도 하고, 또 어느 날은 눈이 되기도 한다.

삶은 그런 것이다. 허기가 지기도 하고, 배가 부르기도 하고……. 그리하여 삶이 허기질 땐 모두를 내려놓고 가장 눈부시던 자신의 모습을 생각하라.

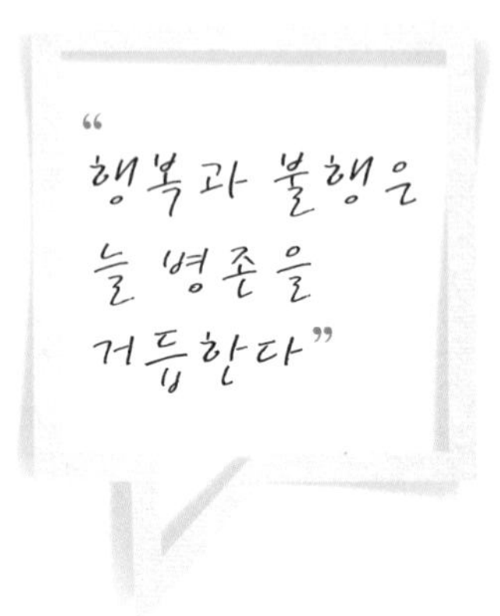

사람들이 흔히 착각하는 게 있다. 바로 행복이 한 번 찾아오면 계속 한자리에 머문다고 생각하는 것이다. 그러나 이는 잘못된 생각이다. 행복은 언제나 한곳에 머무르지 않는다. 행복은 나비와 같아 날아갈 때가 되면 다른 곳으로 가버린다. 그리고 때가 되면 다시 찾아온다.

불행 역시 마찬가지다. 지금 불행하다고 해서 슬퍼하거나 기가 꺾여서는 안 된다. 그냥 주어진 환경에서 꿋꿋하게 버티며 나아가라. 그렇게 하다 보면 어느샌가 불행이 슬그머니 사라지고 행복이 그 자리를 대신한다. 그러다 어느 때가 되면 또다시 불행이 찾아오기도 한다.

이처럼 행복과 불행은 병존한다. 행복하다고 해서 떠벌릴 필요도 없고, 불행하다고 해서 움츠러들 필요도 없다. 행복과 불행은 자신이 어떻게 하느냐에 따라 언제든지 바뀌는 인생의 손님이다. 이에 대해 소설《25시》의 작가 게오르규는 이렇게 말했다.

"어떠한 행복 속에서도 불행은 숨어 있다. 반대로 어떠한 불행 속에서도 행복은 숨어 있다. 그러나 우리는 어느 구석에 불행이 숨어 있고, 어디에 행복이 숨어 있는지 모른다."

그렇다. 아주 적확한 지적이다. 만일 그대가 지금 못 견디게 고통을 겪고 있다면 "나는 왜 이렇게 불행할까? 내 인생이 이대로 끝나는 것은 아닐까?"라며 좌절할 필요는 없다. 그냥 지금 그 상태에서 현실을 인정하고 끝까지 버티며 노력을 멈추지 말라. 노력을 멈추는 순간 불행의 노예로 전락할 수 있다. 그러나 악착같이 버티며 계속 해나가다 보면 반드시 행복의 순간이 찾아온다.

하나님은 인간에게 절대적인 행복과 절대적인 불행을 허락하지 않으셨다. 오직 그 자신이 어떻게 하느냐에 따라 행복과 불행은 병존을 거듭하는 것이다.

"품격이란 그 사람의 향기다"

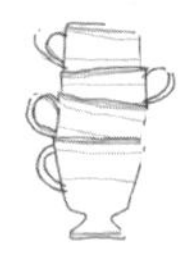

품격이란 그 사람만의 향기와 같다. 즉, 품격은 그 사람의 격에 맞는 인격을 말한다. 그래서 품격이 있는 사람은 주변으로부터 존경을 받지만 품격이 없는 사람은 비난을 받는다.

품격을 높이기 위해서는 자신의 지위에 맞게 말과 행동을 하면 된다. 사회적인 명예를 갖췄다면 그에 걸맞은 말과 행동으로 품격을 스스로 더 높이면 되는 것이다. 그러나 이와 반대로 지위나 명예에 맞지 않게 말과 행동을 한다면 스스로 품격을 떨어뜨리는 것이다.

이에 대해 영국의 극작가 셰익스피어는 다음과 같이 말했다.

"꽃에도 향기가 있듯 사람에게도 품격이라는 것이 있다. 그러나 꽃도 그 생명이 생생할 땐 향기가 신선하듯이 사람도 그 마음이 맑지 못하면 품격을 보전하기 어렵다. 썩은 백합은 잡초보다 오히려 그 냄새가 고약하다."

셰익스피어의 말처럼 자신만의 향기를 가진 품격을 갖추어야 한다. 그렇지 않으면 아무리 지위와 명예를 갖췄을지라도 그 사람은 비인격자일 뿐이다.

"자신만의
향기를 가진
품격을
갖추어야 한다."

"독수리가 넓은 하늘을 자유롭게 날기 위해서는 몇 번이나 그 약한 날개가 강풍 때문에 땅에 떨어져야 했을 것이다. 그 연습을 견디지 못했다면 그 독수리는 땅 위를 기어다니고 있을 것이다."

마돈나 피카의 말이다.

언젠가 독수리의 성장 과정 다큐멘터리를 본 적이 있다. 어미가 먹이를 구하러 간 사이 새끼들끼리 싸우는 모습을 보았다. 싸우는 이유는 형제이자 경쟁자인 상대를 없애 자신이 잘먹고 잘 성장하기 위해서라고 한다. 먹이를 독차지하기 위해 형제를 죽여야 한다니, 이유야 어떠하든 섬뜩하기 짝이 없었다. 결국 다툼에서 견디지 못한 새끼는 죽음을 맞고 말았다. 끝까지 견딘 놈이 형제의 몫까지 다 차지했다. 그리고 빠른 속도로 성장한 끝에 푸르른 창공을 훨훨 날았다.

사람의 경우도 예외는 아니다. 사람 또한 오래 견디는 사람이 결국 자신이 원하는 것을 얻을 수 있다. 아무리 재주가 출중하더라도 견디는 힘이 약하면 제 능력을 다 발휘할 수 없다. 도중에 포기해서 잘되는 것을 본 적이 있는가? 결코 없을 것이다. 끝까지 참고 견디어야만 자신이 뜻하는 바를 이룰 수 있다.

이치가 이런데도 노력을 기울이기보다는 행운을 더 믿으려고 한다. 행운이란 단지 어쩌다 주어지는 뜻밖의 인생 손님일 뿐이다. 자신이 원하는 것을 얻을 가장 확실한 방법은 끝까지 견디며 해내는 절대적인 노력임을 잊어서는 안 될 것이다.

"끝까지 견디며
해내는
절대적인
노력."

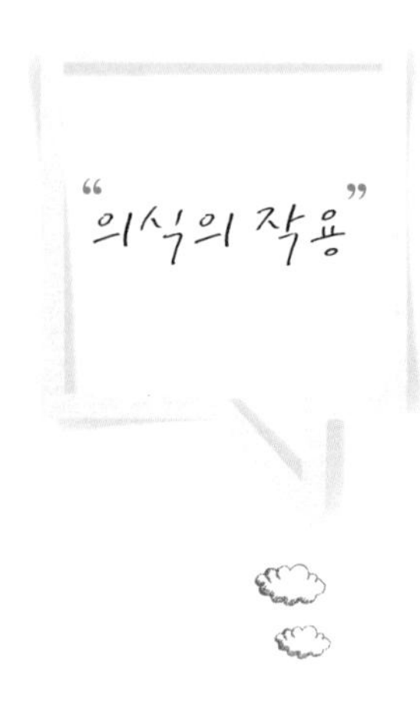

의식이란 '심적 생활을 다른 것과 구별하는 특징'을 말한다. 즉, 어떤 문제에 대해 인식하여 깨달음을 얻는 것과 사물을 분별하는 능력과 일의 옳고 그름을 판단하여 깨닫는 작용을 말한다. 사리분별력이 뛰어나고 그렇지 않은 것 역시 의식의 작용에서 결정된다. 그래서 의식이 분명한 사람은 실수가 적고, 믿음직스럽다. 하지만 의식이 희미한 사람은 실수를 연발하고 불안하다.

매주 수요일 SBS에서 방영한 〈짝〉이라는 프로그램이 있었다. 혼기가 찬 청춘남녀를 이어주는 공개적인 미팅 프로그램이다. 종종 그 프로그램을 보면서 나는 요즘 20, 30대의 의식의 흐름을 읽을 수 있었다. 출연자들 중엔 의사나 박사학위를 가진 연구원 등 세태에 비추어볼 때 괜찮은 직업을 가진 이들이 자주 출연했다. 그런데 좋은 직업을 가진 출연자들이 짝을 맺는 확률이 비교적 낮았다. 직업이나 학벌 같은 외적인 것에 자신의 청춘을 거는 것이 아니라는 얘기다. 그 사람의 됨됨이와 자신을 얼마나 사랑해줄 수 있는 사람일까, 그리고 자신과 성격이 잘 맞는 사람일까에 역점을 둔다는 것이다. 나는 그들에게서 우리 젊은이들의 의식이 푸르게 살아 있음을 보고는 마음이 매우 흡족했다.

요즘 젊은이들의 의식이 바르지 못하다는 기성세대들의 우려를 말끔히 씻어줄 만큼 그들의 의식은 풋풋했다. 물론 그렇지 않은 젊은이들이 많다는 것도 잘 알고 있다. 그러나 그런 젊은이들 숲에 푸른 대나무처럼, 매화나무처럼 의식이 살아 있는 젊은이들이 있기에 우리의 미래는 밝다고 하겠다.

'의식의 힘'은 어떤 상황에서도 자신을 올곧게 하는 삶의 중심축과 같다. 중심축이 흔들리거나 쓰러지지 않게 단단히 해야 한다. 그렇게 될 때 더 자신의 인생을 당당히 살아갈 수 있을 것이다.

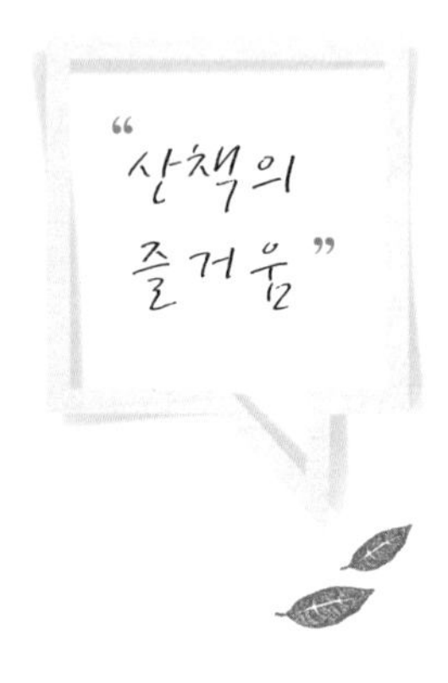

나는 전업 작가이기에 출퇴근이 따로 없다. 자유직업이라는 게 좋을 것 같지만 자칫하면 시간관리를 잘하지 못해 게을러지기 십상이다. 그래서 나는 직장인들처럼 하루에 8시간을 글 쓰고 책을 읽는다. 그리고 한 치의 어김도 없이 나 스스로 정한 규칙을 지키고 있다. 보통 저녁 8시에 저녁을 먹는다. 저녁을 먹고 나서 뉴스를 시청하고 뉴스가 끝나면 밤 10시에 산책에 나선다. 나의 산책 코스는 내가 사는 아파트 뒤쪽 야산 아랫길, 그 길을 따라 주위를 두 바퀴 돈다. 거리로 따지면 대략 3킬로미터쯤 되고 시간은 40분 정도 걸린다.

산책을 하면 길가 텃밭에 있는 갖가지 채소와 옥수수, 감자 등이 초등학생처럼 줄을 지어 나란히 서서 호기심어린 눈으로 나를 반겨준다. 늘 보지만 매일 새롭게 느껴진다. 그리고 간식거리 하나 안 주는데도 뭐가 그리 반가운지 처마 낮은 집 진돗개는 엉덩이가 돌아가도록 꼬리를 흔들어댄다. 그러면 그 옆에 있던 털북숭이도 덩달아 꼬리를 흔들어대며 좋아라 한다. 그곳을 지나면 야산 아래 길이 펼쳐진다. 나무들이 숲을 이루고 특히 오월이면 아카시아들이 뿜어대는 달콤한 향기로 정신이 아득해지기도 한다. 그 자리에 서서 달콤한 향기 세례를 받고 나면 몸과 마음이 맑아지며 내 몸에서도 달콤한 아카시아 향기가 난다. 가끔 뻐꾸기가 울어대고 소쩍새가 소쩍소쩍 울어대는 소리가 귀에 착 달라붙어, 산책을 도는 내내 귓가를 울린다. 보름달이 환하게 뜬 날은 산책의 운치가 더욱 색다르다. 방금 물에서 나온 아기 같은 환한 얼굴로 내려다보는 보름달은 어릴 적 친구를 보는 듯하여 한결 마음이 포근해진다.

어디 그뿐인가. 산책을 하다 보면 길고양이들을 만나기도 하고, 울타리에 매달려 있는 탐스런 호박이며 알이 실한 대추나무며 밤나무를 만나기도 한다. 그리고 어쩌다 아는 사람이라도 만나면 인사를 나누기도 한다. 여치 소리, 개구리 소리, 귀뚜라미 소리를 듣기도 한다. 그렇게 산책 코스를 연달아 두 바퀴를 돌고 나면 어떤 날은 시도 건지고 또 어떤 날엔 동시를 건진다. 그리고 쓸 책에 대해 구상도 한다.

내가 산책을 하는 이유는 단지 하루 종일 쌓인 스트레스를 풀고 건강을 위해서만이 아니다. 산책을 통해 뜻밖에 글감들을 얻기 때문이다. 나에게 산책은 글감을 찾는 수단이며, 지친 몸과 마음을 풀어주는 수단이며, 건강을 업그레이드하는 수단이다. 혼자 있는 것을 좋아하는 나로서는, 산책은 내 안의 또 다른 나를 만나는 시간이기도 하다.

아무리 삶이 고달프고 바쁠지라도 하루 중 시간을 정해 산책의 즐거움을 느껴보라. 산책을 하다 보면 평소에 생각하지 못했던 새로운 생각이 떠오르기도 하고, 자신의 내면을 들여다보는 여유도 가질 수 있다. 그리고 생활의 활력을 찾는 생산적이며 창의적인 시간을 얻을 수 있다.

"지혜를 짜내려고 애쓰기보다는 먼저 성실하라. 지혜가 부족해서 일에 실패하는 경우는 적다. 사람에게 늘 부족한 것은 성실이다. 성실하면 지혜도 생기지만 성실치 못하면 있는 지혜도 흐려지는 법이다."

벤저민 디즈레일리의 말이다. 디즈레일리는 유대인으로서 영국 수상을 두 번이나 역임한 뛰어난 정치가이다. 유대인으로서 타국에서, 그것도 보수주의가 강한 영국에서 수상을 역임했다는 것은 그가 그만큼 뛰어난 인물임을 의미한다. 하지만 그는 여러 차례에 걸쳐 선거에서 실패한 경험이 있을 만큼 정치적 감각이 뛰어난 사람은 아니었다. 그런데 그는 매사에 성실했고, 그의 성실함은 주변 사람들이 인정할 정도였다. 그는 끈기와 성실을 바탕으로 자신의 부족함을 채워나갔다. 그의 진정성을 안 영국 국민들은 그를 열렬히 지지하였고 그는 마침내 영국 수상 자리에 올랐다.

재능이 많은 사람은 굶어도 성실한 사람은 굶는 법이 없다. 이는 성실이 그만큼 사람들에게 좋은 이미지를 준다는 뜻이다. 자신의 분야에서 성공적인 삶을 살아가는 사람은 모두가 성실하다. 재능만 믿고 성실하지 않으면 절대로 인생을 성공적으로 살아갈 수 없다.

자신의 재능을 너무 믿지 말라. 자신의 지혜에 너무 의존하지 말라. 성실은 사람을 속이지 않는다. 성실은 모든 삶의 근본이다.

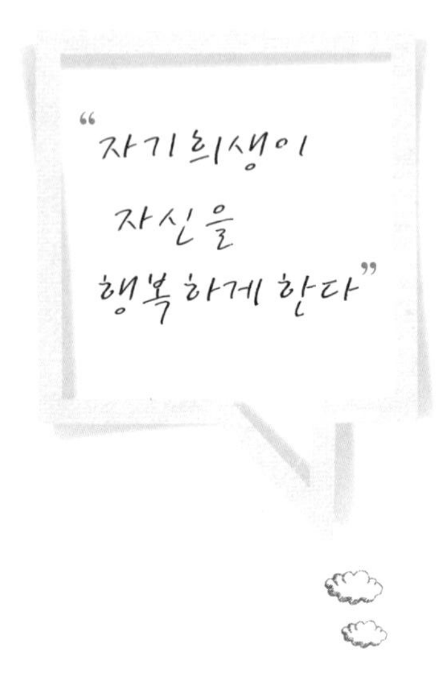

자기희생 없이 무언가를 얻으려 한다면 그것은 자신의 인생에 대한 모독이다. 왜냐하면 그것은 자신의 가치를 한없이 추락시키는 것과 같기 때문이다. 행복과 사랑, 그리고 성공은 그냥 오지 않는다. 비록 작은 성과일지라도 그에 대한 대가를 치를 때 주어지는 것이다.

'아, 하늘에서 돈벼락이나 떨어졌으면…….'

'손 하나 까딱 안 하고 살 수는 없을까?'

누구나 간혹 이런 생각을 할 때가 있다. 하지만 이런 생각은 현실로 일어날 수 없다. 하늘에서 돈벼락을 내려줄 리가 없고, 손 하나 까딱 안 하고 산다는 것은 누군가의 도움이 필요할 만큼 몸이 건강하지 않다는 것 아닌가. 이런 생각은 비상식적이다. 이에 대해 옥스퍼드대학교 교수를 지낸 존 러스킨은 이렇게 말했다.

"희생 없이 인생을 좋게 하겠다는 모든 방법은 백해무익한 것이다. 그런 방법은 도리어 좋게 만들 가능성을 없애버리는 데 지나지 않는다."

가치 있는 인생을 공짜로 얻으려고 해서는 안 된다. 공짜로 행복한 인생이 되고, 충만한 인생이 되는 경우는 없다. 만족한 인생을 살고 싶다면 그에 대한 노력이 필수로 따라야 한다. 이를 좀 더 부연해서 말하면, 자기희생은 자신을 행복하고 가치 있는 인생이 되게 하는 것이다.

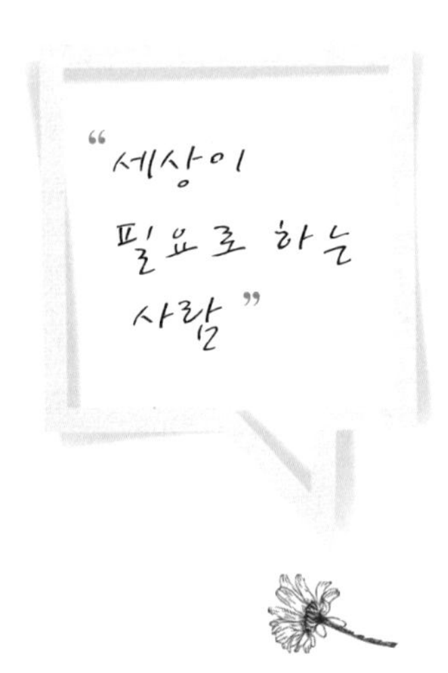

"세상이 야속하다 하지 말고 세상에 없어서는 안 될 사람이 되라. 세상이 필요로 하는 사람이 되라. 그러면 세상은 반드시 그대에게 양식을 줄 것이다."

미국의 시인이자 사상가인 랠프 에머슨의 말이다.

세상이 필요로 하는 사람이란 어떤 사람일까. 이에 대해 잠시 생각해보는 것도 매우 흥미 있는 일이 될 것이다. 자신은 과연 어떤 사람인지를 스스로 진단해본다면 의미 있는 일이 되기에 충분하다고 하겠다.

세상이 필요로 하는 사람은 남에게 해를 끼치지 않는 사람, 존재하기에 삶이 따뜻해지는 사람, 자기의 유익보다는 타인과 함께하기를 바라는 사람, 창조적이며 생산적인 마인드를 가진 사람, 배려와 양보심이 좋은 사람, 덕망이 높아 사람들에게 존경을 받는 사람, 타인의 삶을 행복하게 만드는 사람, 남을 도와주는 것을 즐겨하는 사람, 자신의 실수를 인정하고 더더욱 노력하는 사람, 자기를 내세우기보다는 묵묵히 맡은 일에 열중하는 사람 등이 아닐까 한다.

이렇듯 세상이 필요로 하는 사람은 자신을 뒤에 두고 타인을 앞세우는 자기희생적인 가치관을 가졌다고 하겠다. 에머슨은 이런 관점에서 세상이 필요로 하는 사람이 되라고 역설한다.

세상이 필요로 하는 이는 자신의 인생을 잘 살고 있는 사람이다. 그대는 어떤 사람인가? 세상이 필요로 하는 그대가 되라.

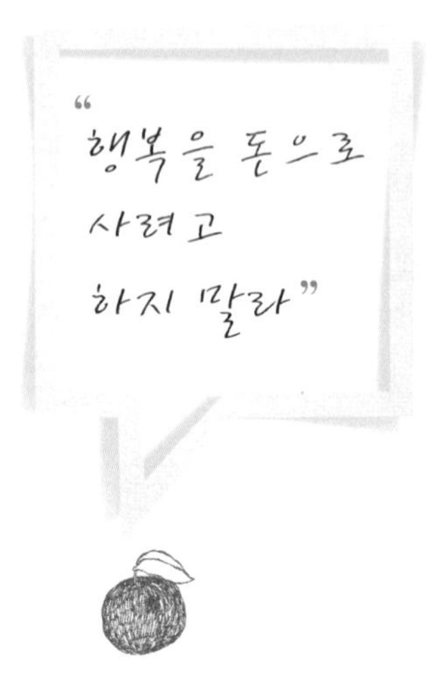

돈이 곧 행복이라고 말하는 이들이 있다. 사고 싶은 것, 먹고 싶은 것, 가고 싶은 곳, 하고 싶은 것 무엇이든 돈으로 해결할 수 있기 때문이라고 그들은 말한다. 그러나 돈이 주는 행복은 그리 오래가지 않는다. 시간이 지나면 새로운 것에 눈을 돌린다. 그리고 또다시 새로운 것을 손에 쥐려고 한다. 그리고 막상 손안에 들어오면 또 새로운 것에 눈을 돌린다. 그러고는 자신의 마음이 충족되지 않으면 자신을 불행하다고 생각하며 불평을 일삼는다.

마음으로 행복을 사면 이 모든 것으로부터 해방될 수 있다. 마음으로 얻는 행복은 물질이 있든 없든 전혀 문제가 되지 않기 때문이다. 그런데도 사람들 중엔 오직 돈만 있으면 행복은 저절로 굴러오는 줄 안다. 이에 대해 쇼펜하우어는 다음과 같이 말했다.

"사람들은 자기의 올바른 이성과 양심을 담기에 애쓰는 것보다는 몇 천 배의 재물을 얻는 일에 머리를 쓴다. 그러나 우리의 참된 행복은 자신의 마음속에 있는 소중한 것이지, 옆에 있는 물건의 소중한 것이 아니다."

그렇다. 행복을 돈에서 찾지 말아야 한다. 그 생각을 버리지 않는 한 진정한 행복은 요원할 것이다. 행복은 마음으로 찾아야 한다. 돈이 아닌, 마음으로 행복해야 오래가는 행복을 누릴 수 있기 때문이다.

"행복은
마음으로
찾아야 한다."

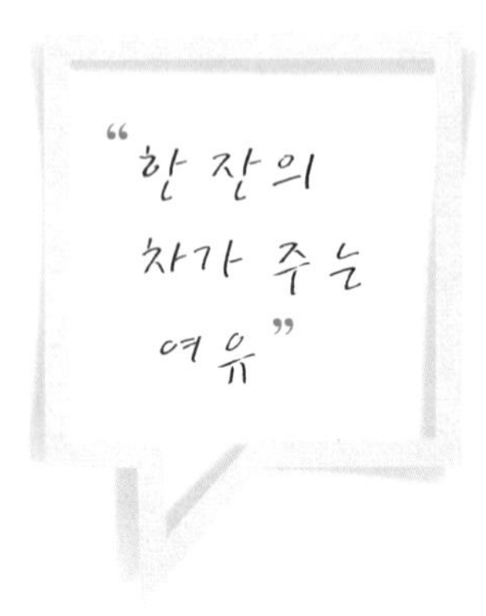

한 잔의 차가 주는 여유는 의외로 크다. 차 한 잔 마시면서 이런저런 얘기를 하다 보면 친한 사이에는 더욱 정감이 깊어지고, 처음 보는 사이에도 마음이 열리게 된다. 사람들은 말한다.

"요즘 세상은 너무 삭막하고 쓸쓸해!"

그렇다. 사람들은 누구나 그렇게 느끼며 산다. 하지만 그렇게 느끼지 않고도 얼마든지 살 수 있다. 내가 먼저 다가가 마음을 열면, 상대방 또한 마음을 열고 다가온다.

티타임을 통해 마음의 여유를 갖고 친분을 쌓는다면, 아무리 세상이 각박하다고 해도 즐겁게 살아갈 수 있을 것이다.

절대적인 사랑이란 무엇인가?

절대적인 사랑이란

오늘이 마지막인 것처럼 사랑하고,

한 번도 이별하지 않은 것처럼 사랑하고,

다시는 사랑할 수 없을 것처럼 사랑하고,

매일 오늘이 처음인 듯 사랑하고,

내 모든 열정을 다 바쳐 죽을 듯이 사랑하고,

한 번도 후회하지 않은 것처럼 사랑하고,

최고의 사랑으로,

미련을 남기지 않고,

최선의 믿음으로 사랑하는 것이다.

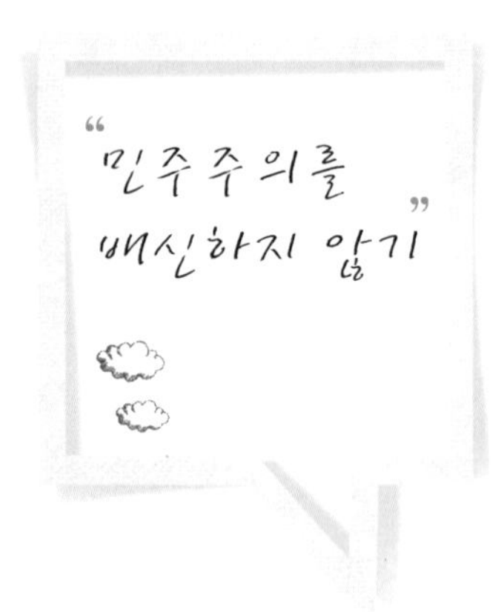

시내에서 볼일을 보고 지하철을 타기 위해 걸어가고 있었다. 그런데 어떤 남자가 금연구역에서 담배를 피우다 단속반에게 걸려 악다구니를 하고 있었다.

"민주주의 국가에서 담배로 내 맘대로 못 피웁니까?"

"그럼 금연구역에서 담배 피우는 게 민주주의입니까?"

단속반원도 지지 않고 반격을 퍼부었다.

"나 참, 더러워서! 담배도 맘대로 못 피우는 게 무슨 민주국가야."

남자는 이렇게 말하며 침을 탁 뱉었다.

"주민등록증 제시하세요."

단속반원의 요구에 방금 전까지만 해도 큰소리 펑펑 치던 남자가 한 번만 봐달라고 사정했다. 단속반원은 "안 됩니다" 하며 냉정하게 말했다. 결국 남자는 과태료 딱지를 떼이고 단속반원을 한 번 노려보고는 저쪽으로 사라졌다. 그 모습을 보고 사람들이 킥킥댔다.

민주주의를 아무 데나 갖다 붙이는 남자를 보며 우리 사회에 그런 사람이 많다는 것을 실감하곤 한다. 자기 하고 싶은 대로 다 하는 게 민주주의라는 착각은 민주주의에 대한 모독이다. 민주주의란 헌법이 정한 원칙 아래에서 법을 지키며 사람답게 사는 것이다. 그런데 사람들은 자신이 잘못해놓고 궁지에 몰리면 무조건 민주주의를 들먹이며 피할 구실을 찾는다.

나는 자신의 임무에 충실한 단속반원에게 박수를 쳐주고 싶다. 자신의 직무에 열심을 다하는 그가 진정한 민주주의를 실천하고 있기 때문이다.

자신의 잘못을 모면하기 위해 민주주의를 들먹이지 말자. 그것은 민주주의를 배신하는 행위다. 나는 민주주의 시민인가를 스스로 한번 진단해보라. 스스로 민주시민이라고 생각이 들면 진정한 민주시민이다. 그러나 민주시민이라는 생각이 들지 않으면 무엇이 문제인지를 냉정하게 따져보자. 그런 후 그 문제점을 고친다면, 진정한 민주시민으로 살아갈 수 있을 것이다.

원주에서는 매년 팔월마다 복숭아축제를 연다. 원주복숭아는 당도가 높고 맛이 좋기로 유명하다. 매년 복숭아축제 때마다 각지에서 복숭아축제를 즐기러 사람들이 몰려온다.

복숭아축제가 열리는 '따뚜공연장'이라는 젊음의 광장엔 많은 사람이 저마다 복숭아를 맛보며 한 손에 복숭아 꾸러미를 든다. 나도 축제 진행요원들이 건네주는 복숭아를 시식해보았다. 당도가 높고 복숭아 육질이 아삭아삭한 게 정말 맛이 일품이었다.

복숭아가 하나의 열매로 맺히기까지에는 적당한 온도, 수분, 산성토양을 알칼리성으로 만들어주는 거름을 주어야 한다. 햇빛과 물은 자연이 주는 것이지만 틈틈이 거름을 주고 손질을 하는 것은 농부의 몫이다. 이런 정성이 들어가지 않으면 아무리 토양이 좋아도 사람들의 입맛을 사로잡는 복숭아가 될 수 없다.

사람도 마찬가지다. 세상이 필요로 하는 사람이 되기 위해서는 부모와 스승의 가르침이 있어야 하고 친구들과 어울리며 사회성을 배우고, 책을 통해 지식을 축적해야 한다. 이런 과정을 정성스럽게 거쳐야 한 사람의 인격체로 탄생되는 것이다.

자신이 하고 있는 일을 성공적으로 이뤄내기 위해서는 작은 것 하나에도 노력과 열정, 정성과 사랑을 쏟아야 한다. 저절로 잘되기를 바라지 말라. 그것은 자신의 잠재된 능력을 쓸모없게 만드는 비생산적인 일이다.

정신적인 부자는 어떤 상황에서도 흔들림이 없다. 견고한 마인드로 스스로를 탄탄하게 떠받쳐주기 때문이다. 하지만 물질적인 부자는 물질이 사라지면 세상이 끝난 걸로 알 만큼 안절부절하지 못한다.

미국의 부흥 강사로 일대를 풍미한 빌리 그레이엄 목사는 이렇게 말했다.

“우리는 정신적으로 부자가 되지 않으면 안 됩니다. 우리는 정신적으로 너무도 굶주려 있기 때문입니다. 예수께서 ‘마음이 가난한 사람은 복이 있다’고 말한 것은 스스로 자기 마음의 가난함을 깨달은 자를 지적한 것이었습니다. 그러나 많은 사람이 자기의 빈약하고 부족함을 돌아보지 않습니다. 사람은 부족함을 깊이 깨달으면 깨달을수록 좋습니다. 그것이 행복의 출발점입니다. 인생에 대한 하염없는 겸손, 그것 없이는 언제나 사람은 헤매게 될 것입니다.”

빌리 그레이엄 목사의 말은 종교적인 관점에서 한 말이지만, 우리는 이를 거부감 없이 받아들여야 한다. 삶에 귀감이 된 성공 인생들은 물질의 부자보다도 마음의 부자가 더 많다. 가난을 극복하고 최고로 존경받는 대통령이 된 링컨을 비롯해 넬슨 만델라, 벤저민 디즈레일리, 앤드류 카네기, 조지프 퓰리처, 슈바이처, 벤저민 프랭클린, 톨스토이, 베토벤, 헨델, 미켈란젤로, 체 게바라 등은 물질에 관심이 없었다. 그들이 지향했던 것은 정신적 부자, 즉 마음의 행복이었다. 또한 그들은 단지 자신들만을 위한 것이 아니라 다수의 행복을 위한 구도자적인 실천을 추구했다.

고대 그리스 스토아학파의 대표적 철학자인 에픽테토스는 이렇게 말했다.

"불안스러운 마음으로 풍부하게 사느니 두려움 없이, 걱정 없이 부족한 생활을 하는 것이 오히려 행복하다."

에픽테토스의 말은 많은 물질을 쌓기 위해서는 부조리한 일을 하기도 하는데 그렇게 하다 보면 잘못이 들통 날까 불안하게 살게 된다는 것이다. 불안하게 사느니 차라리 부족하지만 걱정하지 않고 마음의 여유를 잃지 않겠다는 의미다. 에픽테토스의 생각 역시 빌리 그레이엄 목사와 다르지 않다. 정신적인 부자로 살겠다는 것이다. 나 역시 같은 생각이다.

나는 에픽테토스의 철학이 좋다. 소박하지만 진실한 삶이 무엇인지,

최선의 길이란 무엇인지를 낮지만 강한 목소리로 들려주는 에픽테토스의 검소한 행복은 내 마음이 흔들릴 때마다 튼튼한 삶의 뿌리가 되어 나를 지탱해준다.

물질적인 부자를 꿈꾸는가? 그렇다면 생각을 바꿔 정신적인 부자가 되라. 정신적인 부자는 어떤 상황에서도 불행을 결코 불행이라고 여기지 않는다. 그러나 물질적인 부자는 물질이 사라지면 불행의 노예가 되어 삶을 저주하는 슬픈 이리가 되어 운다.

"부족함을
깊이 깨달으면
깨달을수록 좋다.
그것이 바로
행복의 출발점이기에……."

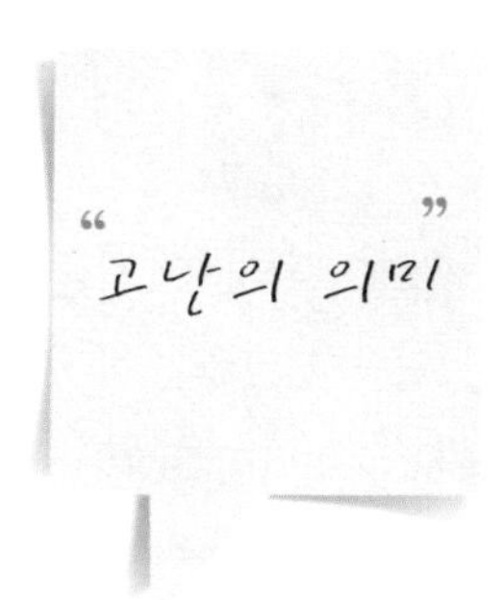

불후의 명곡 '메시아'를 작곡한 게오르크 헨델은 세계음악사에 한 획을 그은 위대한 음악가이다. 그는 최고의 음악가만이 맡을 수 있는 영국궁정악사와 왕립음악아카데미 회장을 지낸 인물로도 유명하다. 헨델은 영국 왕실의 절대적인 후원 아래 최고의 대접을 받으며 부유한 삶을 살았다. 그런데 그에게 생각지도 못한 일이 벌어졌다. 자신이 맡았던 모든 직책에서 물러나게 된 것이다.

그로 인해 헨델은 깊은 우울증에 시달렸으며 갑작스런 중풍으로 인해 심적으로나 육체적으로나 많이 힘들어했다. 설상가상 시력마저 잃고 말았다. 그의 모든 것이 최악으로 돌변했다. 살아도 죽은 목숨이었다.

그런 와중에 어느 날, 헨델은 이대로 자신을 포기해선 안 되겠다는 생각을 했다. 그렇게 마음을 먹자 그동안 꽉 닫혔던 마음이 열리며 머리에서 섬광이 일더니 멜로디가 쏟아져 나왔다. 헨델은 멜로디를 악보로 옮기기 시작했다. 그렇게 작곡에 몰두하며 악보를 다듬었다. 마침내 작곡을 마쳤을 때 그의 눈에서는 감격의 눈물이 흘러나왔다. 자신이 생각해도 너무나 황홀했던 것이다.

'메시아'의 연주를 들은 사람들은 하나같이 감동했고, 세계음악사에 영원히 기록될 명곡으로 삼는 데 주저함이 없었다. 헨델의 명곡은 그가 잘나가던 시절이 아닌, 인생에서 가장 힘든 고난의 시기에 탄생되었다. 고난은 헨델을 죽을 만큼 힘들게 했지만 그에게 불후의 명곡을 선물했다. 만일 헨델이 삶을 포기했다면 '메시아'는 탄생되지 못했을 것이다.

"인생의 목적은 끊임없는 전진에 있다. 앞에는 언덕이 있고, 강이 있고, 진흙도 있다. 걷기 좋은 길만 있는 것은 아니다. 항해하는 배가 풍파를 만나지 않고 조용히 갈 수만은 없다. 풍파는 언제나 전진하는 자의 벗이다. 고난 속에 인생의 기쁨이 있다. 풍파 없는 항해, 얼마나 단조로운 것인가. 고난이 심할수록 내 가슴은 뛴다."

프리드리히 니체의 말이다. 니체의 말은, 고난이 주는 의미는 고통과 절망이 아니라 기쁨과 환희를 낳는 절대적인 인생의 조건이라는 것이다. 에이브러햄 링컨, 벤저민 디즈레일리, 넬슨 만델라, 아이작 뉴턴, 찰스 디킨스, 미켈란젤로 등 최악의 조건을 딛고 성공한 이들이 많은 것은, 고난이 인생의 슬픔과 고통이 아니라 기쁨을 위한 조건이라는 것을 증명한다고 하겠다.

지금 이 순간 죽을 만큼 힘들어 절망의 한숨이 터져나온다 해도 절대 좌절해서는 안 된다. 이를 악물고 참아내며 목표를 향해 나아가야 한다. 포기하는 순간 꿈도 날아가버린다.

고난이 없는 인생은 참된 인생이 아니다. 참된 인생은 고난을 딛고 일어설 때 비로소 주어지는 하나님의 선물이다.

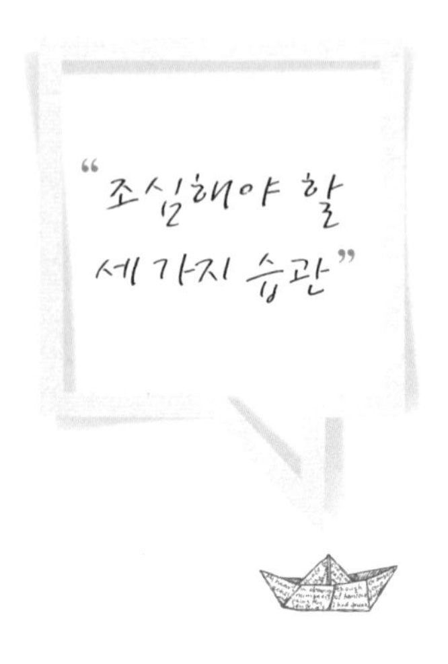

"저주 받는 세 가지 습관이 있다. 고기와 술과 담배가 그것이다. 이 세 가지는 인생을 행복하게 할 가능성을 없애버리며 자신을 동물처럼 만드는 것이다. 예를 들어서 가장 야만적인 미개인은 육식밖에 모른다. 그러므로 야채를 먹는다는 것은 인간 최초의 그리고 자연적인 교화의 결과다."

스위스 철학자 아미엘의 말이다. 아미엘의 말은 고기와 술, 담배를 좋아하는 이들에게는 반론을 제기하게 하는 말일 것이다. 그러나 건강을 생각한다면 매우 바람직한 말이라고 하겠다. 고기를 지나치게 많이 섭취하면 비만이 되고 고지혈증 같은 성인병이 유발된다. 술 역시 마찬가지다. 지나친 음주는 건강을 해치고 심하면 알코올중독을 불러온다. 담배는 폐를 비롯한 호흡기 질환의 원인이다. 그뿐만 아니라 주변 사람들에게 해를 끼치는 주범이기도 하다. 그렇다고 본다면 아미엘의 말은 조금도 그릇됨이 없는 참말이라고 하겠다.

지금 우리나라 사람들은 식생활의 서구화로 비만이 늘고, 대장암 등 서양인들에게 주로 걸리던 병이 급속히 늘고 있는 추세라고 한다.

과유불급이라 했다. 무엇이든 지나치면 모자람만 못하다. 무엇이든 적당한 게 가장 바람직한 것이라고 하겠다.

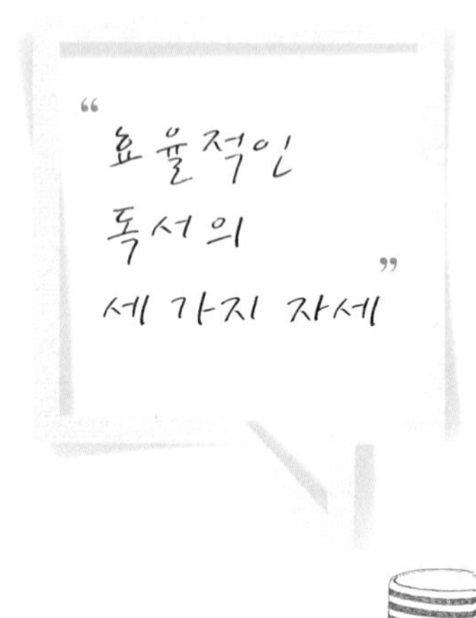

우리나라 성인 1년 평균 독서량은 10권 정도라고 한다. 이를 월별로 나누면 0.8권 정도다. 월 1권도 안 되는 독서량을 가졌다는 것은 매우 부끄러운 일이 아닐 수 없다. 그런데 더욱 놀라운 것은 1년에 단 1권도 안 읽는 사람이 10명 중 3명이라고 한다. 놀라움을 금할 수 없다.

책은 정보와 지식을 전달해주는 매개체로, 매우 중요하다. 또한 상상력과 창의력을 길러주고 정서를 맑게 해줌으로써 지친 몸과 마음을 깨끗이 씻어준다. 마음의 보약과 같은 책을 어째서 읽지 않는 걸까? 그 이유도 시간이 없어서, 하는 일이 많아서, 피곤해서, 취미생활 때문에 등 갖가지다. 책 안 읽는 이유치고는 참 궁색한 변명이다. 책이란 틈틈이 읽어도 좋고, 시간적 여유가 있으면 그 자리에서 다 읽어도 좋다. 책 읽는 시간을 자신의 형편에 맞게 정하면 얼마든지 읽을 수 있다. 그리고 책을 읽을 땐 효율적으로 읽는 것이 매우 중요하다.

《탈무드》에 다음과 같은 말이 나온다.

'책을 읽는 사람은 세 가지 가르침을 지켜야 한다. 책을 가지고 있으면서 읽지 않는 사람, 책에서 사회에 유익한 교훈을 끌어내지 못하는 사람, 책을 읽고 자신의 생각을 끌어내지 못하는 사람은 소중한 세 아이를 잃는 것과 같다.'

이는 책 읽는 사람이 지켜야 할 자세로, 매우 타당한 말이라고 하겠다.

책을 두고도 안 읽는 것은 책의 낭비다. 책의 낭비를 줄이기 위해서라도 책을 읽어야 한다. 그리고 읽은 내용을 유익하게 활용해야 한다. 또 책을 통해 자신의 생각을 이끌어내야 한다. 이 세 가지가 책 읽는 사람의 효율적인 자세다.

책은 어떻게 읽느냐에 따라 인생의 보석이 될 수도 있고, 그저 그런 것쯤으로 생각할 수도 있다. 하지만 분명한 것은, 책은 사람에게 가장 중요한 삶의 필수요소 중 하나라는 사실이다. 책은 책을 대하는 사람의 자세에 따라 꼭 그만큼만의 유익함을 제공한다. 그래서 가급적 많은 책을 읽되, 효율적인 독서를 해야 하는 것이다.

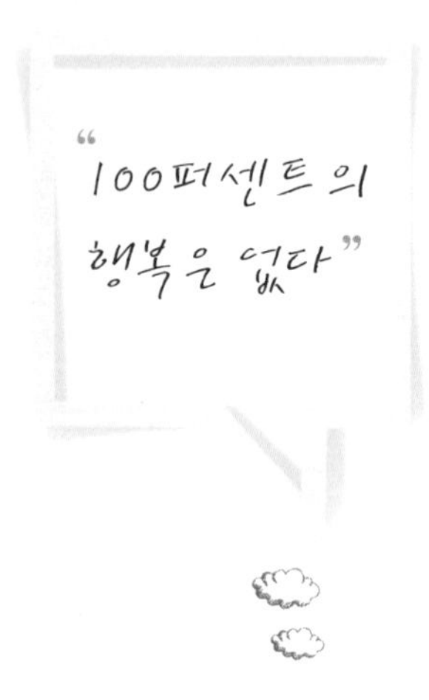

많은 사람이 행복에 대해 오해하는 것이 있다. 한 번 행복하면 삶 전체가 완전 행복해진다고 믿는 것이다. 결론적으로 말하면 이 세상에는 100퍼센트의 행복이란 없다. 행복은 순간순간 느끼는 것이고, 시간이 지나면 미치도록 행복했던 마음도 시들게 마련이다.

연예인 커플들이 방송에 출연해 애정을 과시하며 죽고 못 살 것처럼 굴다가도 언제 그랬느냐는 듯이 헤어진다. 배우자가 다른 사람에게 마음을 빼앗겨 애정전선에 문제가 생기는 경우도 있고, 성격 차이로 인한 문제, 폭행으로 인한 갈등 등 이유도 가지가지다.

하지만 이것이 어디 연예인들만의 문제인가? 보통 사람들 중에서도 흔히 벌어지는 일이다. 실체가 이런데도 사람들은 100퍼센트의 사랑과 행복을 꿈꾼다. 그러다 보니 상대방이 조금만 섭섭하게 하거나 눈살 찌푸리는 일을 하면 참지 못하고 이별을 통보하는 일이 벌어지곤 한다. 이

혼율이 날로 증가하는 원인은 여러 가지겠지만, 완벽한 사랑과 행복을 꿈꾸는 마음이 충족되지 못한 데서 오는 상실감으로 인한 경우도 크다.

오래가는 행복, 달콤한 행복, 아기자기한 행복을 꿈꾼다면 행복을 큰일에서 찾지 말아야 한다. 작은 기쁨, 작은 만족 등 작은 일에서 행복을 찾아야 한다. 왜냐하면 작은 일에서 느끼는 행복은 잔잔한 파도처럼 사람의 마음을 어루만져주기 때문이다. 마치 작은 소리의 진동이 귓가를 잔잔히 울림으로써 감미로움을 느끼게 하듯 작은 행복 역시 가슴을 잔잔히 울려줌으로써 더 많은 행복을 느끼게 하는 것이다. 이에 대해 프랑스 소설가 로맹 롤랑은 다음과 같이 말했다.

"만약 세상 사람들이 괴로워하는 것을 보고 일일이 발을 멈춘다고 하면 사람은 도저히 살아갈 수 없을 것이다. 행복이란 열 가지 고뇌 속에 한두 가지의 즐거움을 가리키는 것이다. 그렇기에 괴로움과 고뇌를 잊어버리고 씩씩하게 살아가는 것이다."

행복이란 열 가지 고뇌 속에 한두 가지의 즐거움을 가리킨다는 로맹 롤랑의 말은 아주 적확한 지적이라고 하겠다. 완벽한 사랑, 완벽한 행복을 꿈꾸되 100퍼센트라는 숫자에 집착하지 말라. 거듭 말하지만 이 세상 그 어디에도 100퍼센트의 행복은 없다. 따라서 100퍼센트의 완벽한 행복을 느끼는 사람도 없다. 그것은 어디까지나 완벽한 행복이라고 할 만큼 행복했던 그 순간뿐이다.

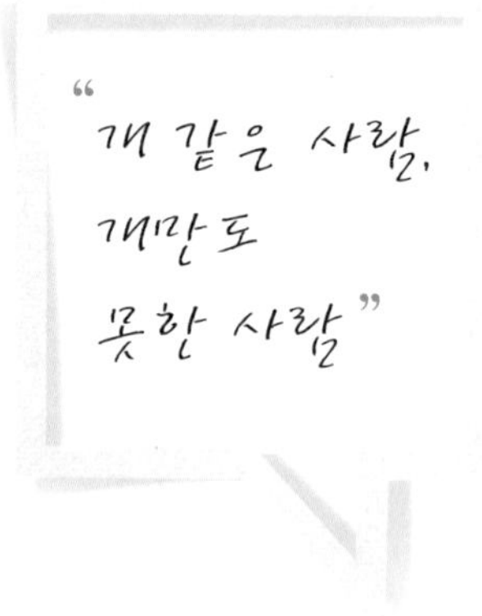

인간으로서 비인격적인 행동을 일삼는 이를 가리켜 속된 말로 개 같은 사람이라고 한다. 이 말의 의미를 세상 개들이 안다면 몹시 기분 나쁘겠지만, 이 말의 의미를 모를 테니 천만다행일 것이다. 그런데 개 같은 사람보다 더 못한 이를 가리켜 개만도 못한 사람이라고 한다.

그런데 요즘 나를 비롯해 주변인들이 개만도 못한 사람들로 인해 큰 곤욕을 치르고 있다. 내가 사는 아파트 위아래 층으로 사람들이 이사를 왔는데 마치 짠 것처럼 어찌나 개념이 없는지 하루하루 고통에 시달리고 있다.

이유는 첫째, 아이들이 두세 명 씩 있어 위아래서 쿵쿵거리기 시작하면 혼을 쏙 빼놓는다. 책 읽을 마음도 사라지고 글 쓰는 욕구도 사라지고 만다. 그저 한동안 멍하니 정신을 놓고 있을 뿐이다.

둘째, 화장실과 베란다는 물론 복도에서까지 담배를 피워대는 바람에 찜통더위에도 문을 마음대로 열어놓을 수 없다. 문을 닫아도 문을 열어도 담배 연기는 끈질기게 나를 괴롭힌다. 나는 담배 냄새를 무척이나 싫어해 소음보다도 더 큰 곤욕이 아닐 수 없다.

셋째, 위아래의 집 남자들은 출근도 하지 않는다. 집에서 가내수공업으로 무엇을 만드는지 주기적으로 역한 냄새가 나서 머리가 어질어질하고 심하면 구토까지 한다. 시골집에 가면 나는 특유의 거름 같은 역한 냄새가 주기적으로 난다. 또 화장실에서 무엇인가를 녹이는지 화장실이 후끈거려 볼일 보러 들어갔다가도 얼른 나오고 만다. 그런데 한 가지 확실한 것은 화원에 갔을 때 나는 냄새가 시도 때도 없이 난다는 것이다. 정황으로 보아 분재를 하는 사람들이 아닌가 싶다. 내 눈으로 확실하게 목격한 것이 아니라 뭐라고 말할 수 없어 증거를 수집하기 위해 골몰한다. 공동주택에서 역한 냄새를 피워 주변 사람들에게 피해를 주는 행위는 법적 제재를 받을 수 있다는 것을 변호사와의 상담을 통해 알게 되었다.

이것저것 생각하지 않고 이사를 가려고도 하였다. 그런데 이런 내 마음을 싹 바꿔놓는 일이 생겼다. 나의 고통을 잘 아는 관리소에서 자제해달라고 얘기를 했다고 한다. 그런데도 눈 하나 까딱 안 한다. 나는 그들의 뻔뻔함이 너무도 괘씸해 순리적으로 해결하려던 마음을 접고 말았다. 그들처럼 개념 없는 사람들 때문에 이사를 간다는 것은 자존심이 허락하질 않는다. 증거를 수집해 몰지각한 그들에게 똑똑히 인식시킬 것이다. 사람들과 함께 더불어 살기 위해서는 어떻게 해야 하는지를…….

말 못 하는 짐승인 개도 주인이 하지 말라고 몇 번만 주의를 주면 절대로 하지 않는다. 그런데 인지 능력을 가진 사람들이 어떻게 이웃들의 고통에 아랑곳하지 않고 제멋대로 할 수 있단 말인가. 이런 사람들은 개 같은 사람은커녕 개만도 못한 사람들이다.

나 또한 누군가에게 개도 아니고 개만도 못한 사람으로 비추어지지나 않았는지 곰곰이 생각해보았다. 이리저리 생각해봐도 그런 적이 없었던 것은 확실하다. 그러나 이는 어디까지나 내 입장이지만 '혹시 나도?' 하는 생각에 다시금 마음의 옷깃을 여미게 된다.

지금 우리 사회는 아파트 층간 소음 문제로, 흡연 문제로 이웃 간에 분쟁이 심화되고 있다. 또 불량식품을 파는 개념 없는 사람들로 인해 다수가 건강에 위협을 받음으로써 사회질서를 흩뜨리는 일이 난무하고 있다. 개만도 못한 짓을 하고도 아무렇지 않아 한다. 이를 근본적으로 해결하기 위해서는 법으로 엄격하게 규제를 가하는 길밖에는 없다. 도덕적으로나 관습적인 방법으로는 한계가 있다. 가끔 불미스러운 사건이 벌어지는 것도 이를 잘 말해준다.

다수의 행복을 가로막는 불법이나 관행, 또는 제멋대로 구는 비도덕적인 행위에 대해서는 엄격하게 법을 적용시켜야 한다. 개 같은 사람도 아니고 개만도 못한 사람이 더 이상 다수의 삶을 불편하게 하는 것을 묵과해서는 안 된다. 이것이야말로 법이 존재하는 명백한 이유다.

"인간으로서
비인격적인
행동은
삼가야 한다."

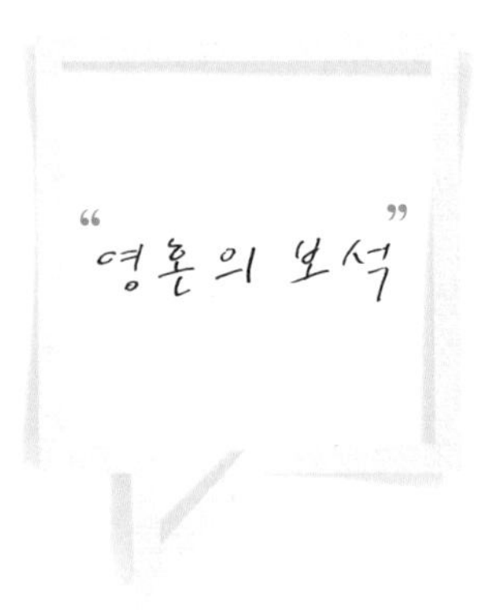

누구나 만나고 헤어지기를 반복한다. 그러다 보면 생각이 잘 맞는 사람도 있고, 사사건건 부딪히는 사람도 있고, 맞을 때도 있고 안 맞을 때도 있는 사람도 있다.

생각이 잘 맞는 사람은 함께 있는 것만으로도 마음이 포근하고 평안하다. 그 대상이 사랑하는 사람이든, 직장 동료든, 친구든 간에 그저 함께 있는 것만으로도 그냥 좋다.

그러나 생각이 안 맞아 사사건건 부딪히는 사람은 만나는 순간부터 스트레스다. 눈길조차 주기 싫다. 숨이 턱 막히고 당장이라도 그 자리를 벗어나고 싶다. 함께하는 그 자체가 가시방석이다. 마치 원수지간처럼 치가 떨릴 때도 있다. 이런 사람은 가급적 함께하지 않는 것이 상책이다. 자신의 삶에 전혀 도움이 되지 않는 방해꾼일 뿐이다.

'친구는 많으면 많을수록 좋다'는 말이 있다. 또 '사람을 많이 알고 있으면 그만큼 득이 된다'는 말도 있다. 물론 이론적으로는 타당한 말이다. 하지만 실제에서는 그렇지 않다. 생각이 잘 맞는 사람은 마음 또한 잘 맞는데 이런 사람들은 흔하지 않다. 이런 사람들이야말로 많으면 많을수록 좋다. 하지만 생각이나 마음이 잘 안 맞는 사람은 적으면 적을수록 좋다. 많으면 많을수록 해가 되고 상처만 깊어진다. 그래서 이런 사람은 가까이하지 않는 게 좋다.

삶을 더욱 유쾌하게 살고 싶다면 생각이 잘 맞는 사람, 마음이 잘 통하는 사람과 함께하라. 이런 사람은 '영혼의 보석'과 같아 자신에게 큰 위안이 되고 힘이 된다.

그런데 여기서 한 가지 마음에 새길 것은, 이런 사람을 내 사람으로 만들기 위해서는 자신이 먼저 상대에게 잘 맞춰주어야 한다는 것이다. 상대는 그런 사람에게 매력을 느끼고 자신 또한 상대에게 맞춰주려고 노력한다. 이처럼 조화로움은 일방적으로 이루어지는 것이 아니라 서로 간의 노력으로 이루어지는 것이다.

그러므로 무턱대고 사람을 사귀는 것은 좋지 않다. 시간이 걸리더라도 자신과 생각이 잘 맞는 사람, 마음이 잘 통하는 사람을 눈여겨보고 자신과 잘 맞다 싶으면 그때 적극적으로 교류하는 것이 좋다.

그대는 영혼의 보석을 소중히 하되, 그대 또한 누군가에게 소중한 영혼의 보석이 되어야 함을 잊어서는 안 될 것이다.

“마음 씻기”

어떤 사람들은 하루에도 몇 번씩 세수를 하고 손을 씻는다. 그러나 이 정도는 약과다. 지인 중 결벽증이 있는 이가 있다. 그는 무언가를 만지고 나면 반드시 손을 씻는다. 너무 지나쳐 주변 사람들의 눈살을 찌푸리게 한다. 그래도 그는 아랑곳하지 않는다. 씻지 않으면 구질구질한 모습을 보이게 되고, 병균에 오염될 수 있기 때문이라고 말하며 자신의 행동을 정당화한다. 어쨌든 지나친 건 사실이지만 씻는 일은 몸과 마음을 상쾌하게 해준다.

그런데 문제는 몸은 깨끗이 하면서도 정작 더러워진 마음은 잘 씻지 않는다는 데 있다. 어떻게 더러워진 마음을 그대로 둘 수 있을까. 더러워진 마음을 그대로 두면 정신이 혼탁해진다. 그러다 보면 사리분별력이 떨어진다. 그래서 더러워진 마음을 씻어야 하는 것이다.

마음을 깨끗이 씻는 일을 ‘세심(洗心)’이라고 한다. 마음을 깨끗이 씻으려면 잘못한 일을 돌이켜 반성해야 한다. 그리고 기도와 명상을 통해 마음가짐을 새롭게 해야 한다. 그렇게 할 때 새로운 기분으로 자신이 하는 일을 즐겁게 해나가고, 결국 좋은 결과를 얻을 수 있다.

'사람의 마음을 씻는 것은 몸을 씻는 것과 같다. 하루 사이에 예전에 물들었던 더러운 것을 씻고 새로운 것을 얻거든, 그 새로운 것을 가지고 날마다 새롭게 하고 또 날마다 새롭게 하라.'

유교경전 《대학(大學)》에 나오는 말이다. 몸을 깨끗이 하는 것처럼 마음이 더러워지지 않도록 늘 자신을 반성하고 마음을 가다듬을 때 새로운 자신으로 거듭나게 되는 것이다.

나는 작가이다 보니 구독해서 읽는 문학 잡지가 열 종이 넘는다. 그중에는 시 전문 잡지도 있고, 시, 소설, 산문, 평론이 함께 있는 종합잡지도 있고, 아동문학 잡지도 있다. 또 월간, 격월간, 계간 등 여러 가지 형태의 잡지가 있다.

나는 주변에서 권유해서 구독하는 잡지는 없다. 내가 필요하면 언제든지 구독한다. 그런데 잡지 발행인들 중엔 유독 "우리는 다른 데와는 다릅니다"라고 말하는 이들이 있다. 이 말은 자신들은 다른 잡지와 편집, 콘텐츠 등 잡지 수준이 다르다는 의미다. 나는 등단하고 처음 얼마간은 이 말을 믿었다. 그렇게 말하는 잡지는 그럴듯하다는 생각에서였다. 그런데 시간이 흐르면서 그들의 말이 자신들을 포장하기 위한 또는 드러내기 위한 수단이라는 걸 알게 되었다. 대개 그렇게 말하는 사람이 내는 잡지는 앞에서도 말했지만 그럴싸하게 꾸민다. 그런데 알고 보면 이미 자리를 잡은 잡지들의 그것에서 살짝 다르게 꾸미되, 잡지사의 운영방식에서 그럴싸한 편집위원이나 기획위원을 두고 필진을 아주 진중하게 하는 것처럼 한다는 것이다. 이미 이름이 난 사람들을 위주로 필진을 정하고, 드러내지 않을 정도에 필진의 작품을 싣는다. 나머지 사람들은 들러리를 서는 꼭두각시에 불과하다. 이게 가능한 것은 원고를 투고 형식으로 운영하기 때문이다. 이런 투고 형식이 사람들이 보기엔 객관적이고 민주적인 방식으로 보이지만 사실은 원고를 싣기 위해 애쓰는 사람들의 마음을 현혹시키는 주범이다. 앞에서 말했지만 이미 이름이 알려진 사람들을 일부로, 또 투고 형식을 취한 사람들을 일부로, 또 몇몇 원로들의 원고를 취합해서 잡지를 꾸리는 것이다. 투고한 대다수 사람의 원고는 그대로 탈락되고 만다. 그러다 보니 '그 잡지에 작품을 싣는다는 게 여간 어려운 것이 아니다'라는 생각을 하게 된다. 이것이 바로 '우리는 다른 데와는 다르다'라는 잡지 발행인들의 교묘한 술책이다.

이렇게 생각이 드는 데는 이유가 있다. 소위 잡지 편집위원이라는 사람들이 다 고만고만하다. 그런 사람들이 모여 작품의 수준에는 신경 쓰지 않고 대개 자신과 잘 맞는 작품만을 고른다. 그러다 보니 작품의 세계가 많이 다르다거나 이름이 잘 알려지지 않은 사람들의 작품은 제외되는 경우가 많다. 또 자신과 평소 잘 알거나 교류가 많은 사람과 이미 잘 알려져 잡지 구독하는 데 유리하게 하는, 소위 이름에 프리미엄이 붙어 있는 작가들의 작품을 위주로 골라낸다.

이런 사실을 아는 것은 그리 어렵지 않다. 잡지를 꾸준히 구독해서 꼼꼼히 읽다 보면 이런 분석이 나올 수밖에 없다. 그 사람이 그 사람인 경우(실리는 사람이 자주 실리는 것)가 많다는 것을 알 수 있고, 그것은 거의 의도적이라는 게 드러난다. 그런데다 그들의 작품 수준 또한 이름값에 비해 그렇고 그렇다. 아동문학의 경우 성인시를 쓰는 시인들이 최근 들어 동시를 쓰는 게 무슨 트렌드라도 되는 양 경쟁적이다. 마치 동시를 쓰지 않으면 안 되는 것처럼 비쳐진다. 이들이 동시를 쓰게 부추긴 사람들 또한 "우리는 다른 데와는 다르다"라고 말하는 잡지 발행인들이다. 그들이 이미 알려진 시인들이기 때문에 잡지 구독을 늘릴 방법으로도 매우 효과적이라는 포석이 깔려 있을 것이다. 이게 비단 나만의 생각은 아닐 것이다. 자신들의 입지가 축소될 걸 염려하여 대놓고 말 못하는 이들이 많다고 생각한다.

이렇듯 문학 잡지를 발행하는 일부 발행인들의 그릇된 행태임이 명백하다. 끼리끼리 모여서 하는 문학 활동은 배타성을 버리지 못하는 게 우리 문단의 현실이고 보면 문학 잡지 또한 그 범주를 벗어나지 못하는 건 당연한 일이라고 하겠다.

차라리 솔직하게 드러내놓고 하면 배신당했다는 더러운 기분만은 들지 않을 것이다. 왜냐하면 그런 잡지 따위엔 미련을 갖지 않을 테니까 말이다. 자신들만이 올바른 양, 실력이 있는 것처럼 구는 이들이 문제인 것이다. 이는 그 잡지를 믿고 구독하는 독자들에 대한 예의가 아니다. 오만하고 발칙하고 몰상식한 일이기에 분노가 치민다.

내가 문학 잡지 중 최고로 인정하는 잡지사 발행인은 자신이 운영하는 잡지의 위상을 높이거나 잡지 구독을 늘리려고 그 어떤 방법도 쓰지 않는다. 고만고만한 편집위원도 없고, 잘나간다는 시인들에게 원고를 청탁하지도 않는다. 등단한 작가나 미등단한 이들이나 똑같이 기회를 준다. 그리고 등단제도를 두지 않아, 겉치레에 치중하는 여타의 잡지들과 완전히 다른 형식을 취한다. 그래서 작가들에게 쓸데없는 오해를 사는 일도 없고 그 나물에 그 밥이라는 형편없는 말 따위에 휘둘리지도 않는다. 평소 발행인의 깔끔한 인품이 잡지 운영에 그대로 나타난다. 이것이 내가 그 잡지를 최고의 문학 잡지로 손꼽는 이유다.

정작 실력 있는 사람은 자신이 실력 있다고 말하지 않는다. 품질 좋은 제품은 고객이 먼저 알아보는 법이다.

"우리는 다른 데와는 다릅니다"라고 말하는 사람들이 있다면 그 말에 절대로 현혹되어서는 안 된다. 그렇게 말하는 사람들은 그가 누구든 어느 분야에 종사하든 십중팔구 속셈이 있거나 자신의 부족함을 감추기 위한 방편이라는 것을 잊어서는 안 된다.

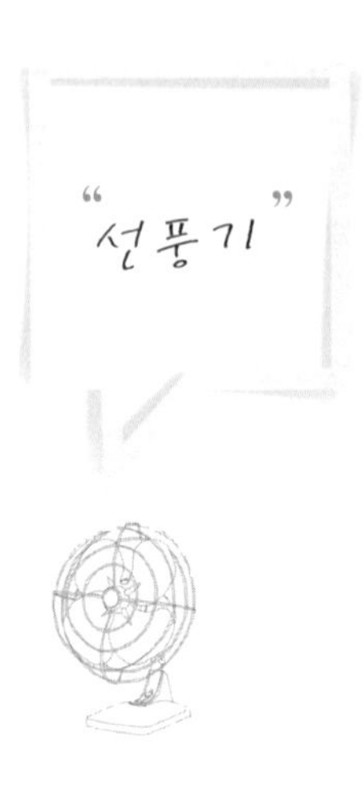

2013년은 예년에 비해 여름도 길고 유난히 무더웠다. 온 대지가 뜨거운 태양열로 이글거렸다. 사람들도, 나무들도, 꽃들도, 짐승들도 살아 있는 모든 것은 하나같이 녹초가 되었다. 하루하루를 보내는 게 아니라 버틴다는 게 옳을 듯싶다.

나는 무더위와 싸우며 전업 작가라는 이유로 의무적으로 책을 읽고 글을 썼다. 그 흔한 에어컨도 없다. 내가 의지하는 거라고는 낡은 선풍기가 전부다. 선풍기로도 안 될 땐 샤워로 열기를 이겨냈다. 에어컨을 하나 들여놓을까도 생각했지만, '여태까지 버틴 것, 어디까지 버틸 수 있나' 하고 끝까지 버텨보기로 했다. 나의 쓸데없는 오기에 죽어난 것은 낡은 선풍기다. 하루 종일 돌고 돌아도 불평 하나 없다. 주인이 시키는 대로 주인을 위해 묵묵히 최선을 다할 뿐이었다.

'선풍기가 사람이라면 얼마나 힘이 들까? 자신을 혹사시키는 주인인 내가 얼마나 미울까?' 하고 생각하니 선풍기에게 너무 미안해 나는 수시로 선풍기를 쓰다듬으며 "미안하다, 선풍기야. 그리고 정말 고맙다"라고 말하곤 했다. 그랬다. 선풍기가 그렇게도 고마울 수가 없었다. 내가 수십 년 만의 무더위를 이겨낸 것은 순전히 선풍기 덕이다.

자신이 사랑하는 사람에게나 좋아하는 사람에게 선풍기처럼만 할 수 있다면 그 사랑은 최고의 사랑이며 최선의 사랑일 것이다. 그러나 사람이란 아무리 잘한다고 해도 절대적일 수는 없다. 사람은 생각하는 존재이고 감정의 동물이기 때문에 이해관계가 엇갈리면 대개는 중도에서 포기하고 만다. 하지만 그럼에도 할 수 있다면 할 수 있을 만큼은 해보라. 그것만으로도 사랑하는 사람에게 인정받게 됨으로써 만족한 삶을 살게 될 것이다.

살다 보면 자신의 의지와 상관없는 일들이 시시각각 일어난다. 타인으로 인해 불쾌한 일을 당할 때도 있고, 본의 아니게 오해받을 때도 있고, 제삼자로부터 억울한 소리를 들을 때도 있다. 이런 경우 화가 나게 마련이고, 심하면 걷잡을 수 없는 분노가 치밀어오른다.

그러나 화가 난다고 해서 자신의 감정대로 한다는 것은 성숙하지 못한 행동이다. 물론 경우에 따라 화가 나는 대로 배설해야 한다. 하지만 자주 화를 내다 보면 습관이 되어 거슬리거나 감정을 상하게 하는 일엔 자신도 모르게 불쑥 화를 내게 된다. 그렇게 하다 보면 타인들과의 관계가 원만하지 못해 만족한 삶을 살 수 없다.

참을 땐 참을 줄도 알아야 한다. 화가 나도록 유발한 상대는 참고 인내하는 사람에게 좋은 이미지를 받게 되어 그와 좋은 인간관계를 이어간다. 그렇게 맺어진 사람들은 살아가는 동안 좋은 친구가 되어, 서로에게 힘이 되어주고 의지가 되어줌으로써 긍정적인 삶을 살아간다.

'참을 인(忍) 자 셋이면 살인도 피한다'는 말이 있다. 참아야 할 때 참는 것은 훌륭한 삶의 기술이다. 다음은 참음의 가치에 대해 잘 알게 하는 이야기다.

공들여 쓴 원고를 하녀의 실수로 한순간에 잿더미로 날려버린 영국의 사상가 칼라일. 그는 몸이 부들부들 떨리는 순간에도 끓어오르는 분노를 참으며 하녀가 당황해하지 않도록 했다. 책 한 권을 쓰기 위해서는 많은 정성과 품을 들여야 한다. 그런데 애써 쓴 원고를 한 줌의 재가 되게 했으니 칼라일의 속이 말이 아니었을 것이다. 그런데도 칼라일은 모든 걸 참고 다시 원고를 써서 책을 냈다고 한다. 여기서 칼라일의 됨됨이를 알 수 있다. 그가 최악의 상황에서도 흔들리지 않고 인내할 수 있었던 것은 화를 통제할 능력을 길렀기에 가능했다. 역시 영국 국민들의 존경을 한 몸에 받은 대가다운 자세다.

화를 참지 못해 살인을 하고, 상대에게 평생 씻지 못할 상처를 주고, 방화를 하고, 사람으로서는 해선 안 될 일을 거침없이 저지르는 사건이 끊이질 않는다. 뉴스에서 보도되는 끔찍한 사건 중엔 화를 참지 못해 벌이는 일이 다반사인 걸 보면 화가 삶에 미치는 영향이 얼마나 심각한지를 알 수 있다. 참고 인내하는 법, 그것은 자기 절제에서 오는 최상의 인생 기술이다.

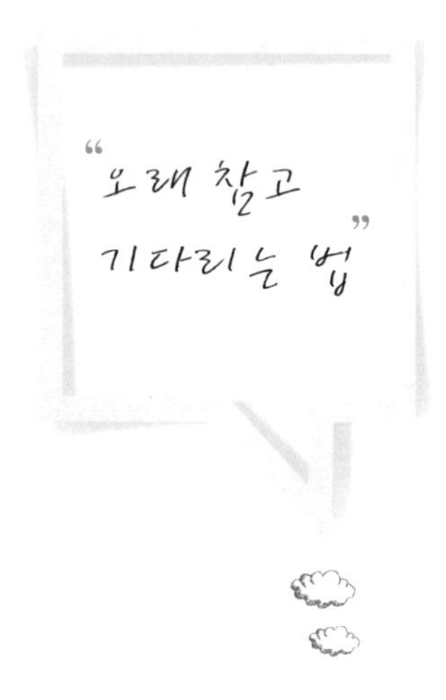

자신이 들인 노력에 비해 빨리, 그리고 쉽게 성공하는 이가 있다. 사람들은 그런 이를 가리켜 천복을 타고난 자라고 말한다. 반면, 죽을 만큼 열정을 바쳐도 성공하지 못하는 이들이 셀 수 없을 만큼 많다. 왜 그런 걸까? 단순히 운이 따르지 않아서? 운이 따르지 않는 경우도 있지만 대개 끝까지 참고 기다리지 못한 탓이다. 힘들인 만큼 결과가 안 좋으니 중도에 포기한다. 어떻게 성공을 이룰 수 있겠는가. 성공을 하든 못하든 모든 결과는 본인에게 달린 문제인 것이다.

PGA에서 무려 355번의 도전 끝에 첫 우승을 한 미국의 해리슨 프레이저. 그가 PGA에 참가한 지 13년 6개월 만의 우승이었다. 참으로 놀라운 일이 아닐 수 없다. 생각해보라. 말이 13년 6개월이지, 그 오랜 시간을 무명으로 지내면서도 우승의 꿈을 포기하지 않는 집념이야말로 얼마나 위대한 것인지를……. 그것은 그에게 종교보다도 거룩하고 그 무엇으로도 바꿀 수 없는 기쁨의 극치였다. 그가 우승을 하기 전까지의 최고 기록은 바이런 넬슨 챔피언십에서 거둔 공동 14위가 고작이었다. 대개의 선수는 그 정도가 되면 자신의 실력이 모자람을 알고 포기한다. 그러나 프레이저는 결코 포기하지 않았다. 만일 그가 354번째 대회를 끝으로 선수생활을 포기했다면 어떻게 되었을까. 355번째 이룬 우승은 물 건너갔을 것이다. 참고 기다리는 법을 알았던 해리슨 프레이저, 그는 진정한 승리자다.

오랜 무명의 세월을 딛고 국민배우가 된 손현주. 그는 드라마 〈추적자〉에서 자신이 보여줄 수 있는 최고의 연기를 선보임으로써 시청자들에게 깊은 감동을 주었다. 그 결과 그는 최고의 탤런트 반열에 오르며 국민배우라는 영예로운 별칭을 얻었다. 손현주 또한 오래 참고 기다리는 법을 알았다. 그랬기에 그 오랜 세월 힘겨운 무명의 서러움을 이겨낼 수 있었던 것이다.

자신이 꿈꾸는 것을 이루기 위해서는 오래 참고 기다리는 법에 익숙해져야 한다. 그렇지 않으면 절대로 자신의 꿈을 이룰 수 없다. 오래 참고 기다리는 법에 익숙한 그대가 되라.

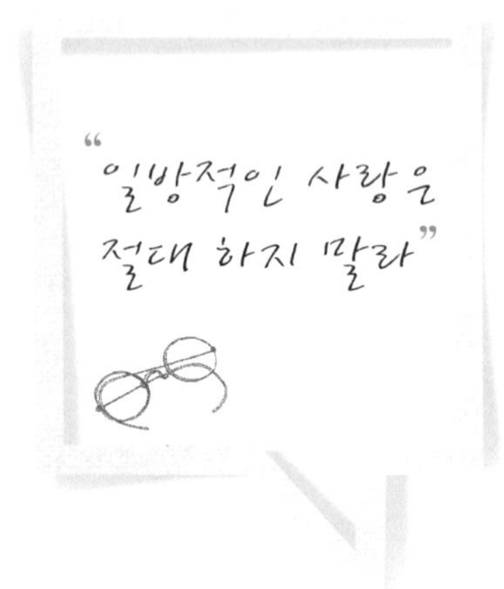

어느 날, 여대생으로부터 메일을 한 통 받았다. 대학교 3학년생인 그녀는 한 남학생을 열렬히 사랑했지만, 남학생은 그녀를 쳐다보지도 않았다. 그로 인해 그녀는 언제나 마음의 상처를 입었다. 그녀는 용돈을 모두 남학생을 위해 썼다. 남학생은 그녀에게 선물을 받을 때나 돈이 필요할 땐 그녀와 어울리다가도 그 외엔 다른 여학생들과 어울려 다녔다. 남학생은 잘생긴 외모와 매끄러운 말솜씨로 여학생들에게 인기가 많았다.

그러던 어느 날 남학생이 그녀를 보자고 먼저 전화를 걸었다. 그녀는 처음 있는 일이라 떨리는 가슴으로 전화를 받았다. 그가 자신의 지극한 마음을 알아주는 것 같아 감격스러운 마음까지 들었다. 그녀는 예쁘게 꾸미고 약속 장소로 나갔다. 남학생이 먼저 와 있었다. 그녀는 떨리는 마음으로 자리에 앉았다. 커피를 한 모금 마신 남학생이 말했다.

“부탁이 있는데, 나 백만 원만 해주라. 나중에 갚을게.”

돈을 해달라는 말에 그녀는 방금 전까지만 해도 설레던 마음이 싹 가시고 말았다. 그동안 삼만 원, 오만 원, 많게는 삼십만 원도 빌려주었지만 받은 적은 한 번도 없었다. 그런데 백만 원을 해달라고 하니 너무나 어처구니가 없었다. 그 남학생은 그녀뿐만 아니라 다른 여학생들에게서도 선물을 받고 돈을 꾸었다. 그녀는 그 사실을 우연히 알게 되었다. 그때 눈앞이 캄캄했다. 그가 상습적으로 벌이는 일이 아닐까, 하는 생각에서였다. 그래서 그를 단념하려고 했지만 그러면 그럴수록 남학생이 더 보고 싶어 끝내지 못하고 지금까지 온 것이었다.

그녀는 백만 원을 해달라는 말에 어떻게 하면 좋을지 몰라 메일을 보냈다고 했다. 나는 그 남학생에게서 미련을 버리라고 했다. 그렇지 않으면 두고두고 힘들 거라는 말과 함께……. 또 일방적인 사랑은 스스로를 괴롭히는 일이니 안 하는 게 좋다고 말해주었다.

메일을 보내고 나서 일주일 후에 그 여대생으로부터 메일이 왔다.

‘선생님 말씀대로 그 사람을 잊기로 했습니다. 이제부터는 저 혼자만의 사랑은 절대 하지 않겠습니다. 그동안 많이 힘들었는데 용기를 주셔서 정말 감사합니다.’

나는 그녀의 메일을 읽고 그녀가 앞으로 좋은 남자를 만나 아름다운 사랑을 만들어가기를 빌어주었다.

일방적인 사랑은 절대 하지 말라. 그런 사랑은 아픔을 주고 고통을 주는 비생산적인 사랑이다. 사랑은 어느 한쪽으로 기울어져서는 안 된다. 두 사람이 서로 진정으로 사랑할 때만 아름답고 행복한 사랑을 할 수 있다.

톨스토이는 말했다.

"사랑하라, 그리고 사랑을 받아라."

톨스토이의 이 짧은 말엔 '사랑은 하는 것이고 동시에 받는 것이다'라는 의미가 잘 나타나 있다. 그렇다. 사랑은 주고받는 것이다. 이런 사랑이야말로 오래가고 서로에게 충실할 수 있는 것이다.

"이제부터
혼자만의 사랑은
절대 하지 마세요.
사랑은 하는 것이고
동시에 받는 것입니다."

이른 아침부터 매미의 울음소리가 소나기 소리처럼 귓가를 적신다. 마치 자신의 에너지를 모두 쏟아내기라도 하는 듯하다. 저 작은 몸뚱어리에서 어떻게 그렇게 힘찬 소리가 나오는지 그저 신기할 따름이다.

무더위를 뚫고 들리는 매미 울음소리는 청량감을 준다. 그래서 매미 소리를 듣고 있으면 몸과 마음이 시원해진다. 그러다 매미 울음소리가 뚝 끊기면 다시 무더위 속으로 빨려 들어가듯 더위가 엄습해온다.

매미로 태어나기 위해서는 알에서 깨어나 짧게는 4년에서 7년을, 미국 소수(素數)매미의 경우는 13년에서 17년 이상을 어두컴컴한 땅속에서 지내야 한다. 그 오랜 세월을 거쳐 땅 밖으로 나오면 고작 4주 정도를 살다 죽음을 맞이한다. 지상에서의 짧은 기간을 살기 위해 땅속에서 오랜 기간을 보내야 하는 매미. 그 때문일까? 수컷 매미는 자신의 유전자를 남기기 위해 그처럼 큰 소리로 뜨겁게 울어댄다. 매미 한 마리가 울어대는 소리는 말매미가 75데시벨, 참매미는 65데시벨이라고 한다. 정말 놀라운 일이다. 5센티미터밖에 안 되는 그 작은 매미가 그런 소리를 낼 수 있다니 자연은 신비 그 자체가 아닐 수 없다.

매미는 자신의 모든 것을 뜨겁게 바치고 죽음을 맞이한다. 어느 날 아침 일어나 밖으로 나가니 매미가 죽어 있었다. 나는 매미를 집어 풀숲에 놓아주었다. 비록 곤충이지만 그 어느 곤충보다도 매미의 삶은 뜨겁다 못해 숭고하기까지 하다.

나는 과연 매미처럼 뜨겁게 나를 살고 있는지 생각해보았다. 아무래도 나는 저 작은 미물만도 못한 것 같다는 생각이 든다. 좀 더 나를 살피며 더욱 나 자신을 독려하며 살아야겠다. 그리고 좀 더 삶 앞에서 경건해져야겠다.

"매앰, 맴맴 매에에……."

창밖에서 매미들의 합창이 들려온다. 저 뜨거운 생명의 소리, 나도 어린아이처럼 따라서 소리를 낸다.

"맴맴맴 매에에에……."

내 몸속에서 푸른 에너지가 솟아나는 듯 가슴이 뜨거워진다.

CHAPTER 03

떠나는 자만이 돌아오는 길을 안다

떠나는 자만이 돌아오는 길을 안다. 돌아올 땐 아픔도 내려놓고, 슬픔도 내려놓고, 고통도 내려놓고, 서러움도 내려놓고,

그대의 마음을 무겁게 했던 삶의 무게를 다 내려놓아라.

그리고 아직까지 몰랐던 사랑의 기쁨과 희망의 푸른 꿈을 한가득 안고 돌아오라.

"자기 주도적인 사람, 비주도적인 사람"

사람은 크게 세 가지 유형으로 나눌 수 있다. 자기 주도적인 사람과 비주도적인 사람, 그리고 이러지도 저러지도 못하는 중립형의 사람이다.

자기 주도적인 사람은 무엇을 하더라도 두려움을 갖지 않는다. 늘 즐기면서 낙관적으로 실행한다. 이런 사람의 마음속엔 긍정의 에너지로 채워져 있다. 그래서 주도적인 사람은 실패를 두려워하지 않는다. 주도적인 사람이 성공할 확률이 높은 이유는 바로 실패를 두려워하지 않는 적극적인 자세에 있다.

"진정으로 적응성이 있고 끝까지 가는 사람은 평생 동안 거의 이루지 못할 것이 없다."

미국의 저술가이자 강연자인 앤서니 라빈스가 한 말이다. 이는 곧 자기 주도적인 사람의 마인드를 잘 말해준다고 하겠다. 자기 주도적인 사람은 매사에 적응하려고 하는 자세가 철저하다. 그리고 시작을 하면 어떻게든 끝을 본다. 그러니 성공할 확률이 높은 건 당연하다.

그러나 비주도적인 사람은 무엇을 하더라도 실패에 대한 두려움으로 몸을 사린다. 그러다 보니 충분히 할 수 있는 것도 포기하고 만다. 이런 마인드로는 절대 자신이 원하는 것을 손에 쥘 수 없다.

이러지도 저러지도 못하는 사람 또한 마찬가지다. 이런 사람은 남의 눈치나 보고 슬쩍슬쩍 따라 하려고만 한다. 이런 타입 역시 제대로 된 성공을 하기란 심히 어렵다.

자신이 원하는 길을 가고 싶다면 자기 주도적인 사람이 되어야 한다. 스스로를 주도하는 사람이야말로 자기 자신을 진정으로 사랑하는 사람이다.

"자기 확신은 자기애에서 온다"

'자기 확신'이라는 말이 있다. 이는 자신을 믿고 자신의 결정에 따라 행하는 적극적인 믿음을 말한다. 자기 확신이 강한 사람은 자신을 사랑하고 존중한다. 한마디로 말해 자기애(自己愛)가 무척 강하다.

자신에 대한 사랑과 존중심이 자기 확신으로 이어진다. 이런 성향의 사람은 자기 일에 대한 애착이 유달리 강하다. 잭 웰치, 리 아이어코카, 링컨, 윈스턴 처칠, 버락 오바마, 헨리 포드, 존 록펠러 등 성공한 이들은 대개 자기 확신이 강하다. 강력한 자기 확신이 스스로에게 강한 에너지를 불어넣고 실행하도록 마음을 움직이게 만드는 것이다. 그래서 이런 사람들은 남에게 도움을 받는 것도 부담스러워한다. 모든 것을 스스로의 힘으로 해결하려고 한다. 물론 결과는 대개 긍정적이다.

하지만 자기 확신이 약한 사람은 자기애가 약하다. 먹을 것을 받아먹는 사람은 언제나 그것을 당연시하고 즐기려는 속성이 있는 것처럼 그저 남의 도움이나 받으려고 기웃거린다. 그러다 보니 그런 사람은 스스로 무언가를 할 생각을 안 한다. 의지가 약하고 자신감이 결여됐기 때문이다. 그 때문일까? 입에서 나오는 말도 부정적이다.

"내가 그걸 어떻게 해? 나는 죽었다 깨어나도 못해."

"나란 사람은 그저 되는 대로 살아야지, 뭐. 제대로 하는 게 있어야지."

이런 말을 자신이 한다고 생각해보라. 얼마나 무가치하고 비생산적인 인생인가? 생각하는 것만으로도 스스로에게 미안한 생각이 들 것이다.

자기 확신이 강한 사람은 자기 의지대로 하려는 속성이 있다. 그래서 그런 사람은 누구에게나 의지하는 것을 좋아하지 않는다. 오직 스스로를 믿고 행할 뿐이다.

그대는 어떤 사람인가를 한번 곰곰이 생각해보라. 자기 확신이 강하다면 스스로에게 감사하라. 만일 자기 확신이 약하다면 자기애를 키워야 한다. 자신을 사랑하는 마음을 강하게 하면 자기 확신 또한 자연히 강해진다. 그렇게 될 때 원하는 것을 얻을 기회는 더 많아질 것이다.

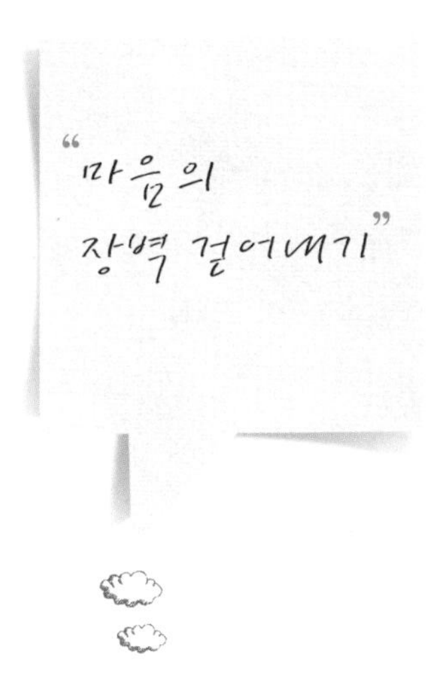

삶이 각박할수록 사람들의 마음엔 보이지 않는 바리케이드가 쳐진다. 나와 너, 우리라는 관계의 공식이 점차 깨어지고 있다. 이는 그만큼 현재의 삶이 치열하다는 것을 말한다. 학교에서도 직장에서도 사회에서도 남을 이기지 못하면 도태된다며 경쟁을 부추기고 있다. 이런 사회구조 속에서 배려와 양보를 한다는 것은 헌신적인 마인드가 없는 이상 결코 쉬운 일이 아니다. 이러다 보니 겉으로는 웃으면서도 상대를 경계하는 상반된 생각에 각자의 마음에 바리케이드를 치는 것이다.

바리케이드를 치고 하는 말은 진실한 것이 아니다. 그 말 속에는 상대를 이겨야 내가 잘살 수 있다는 생각이 잠재의식 밑바닥에 깔려 있다. 이런 생각으로 산다는 것은 허위에 불과하다. 허위로 가득한 사회에 동화되어 살다 보면 자칫 무모한 인생이 될 수 있다. 허위와 거짓 속에 빠지는 순간 악습과도 같은 일로 인해 시련과 고통 속에서 헤매게 되기 때문이다. 허위와 거짓에서 벗어나는 길은 마음속에서 바리케이드를 걷어내는 것이다. 바리케이드를 걷어내기 위해서는 포용력을 기르고, 사람들을 불쌍히 여기는 애민(愛民)사상을 가져야 한다. 이런 마인드를 가지면 바리케이드는 점차 사라질 것이다. 마음의 바리케이드가 사라지는 순간 가슴엔 따뜻한 사랑이 가득 찰 것이다. 이에 대해 독일의 시인이자 사상가인 실러는 말했다.

"이 세상에 허위와 거짓과 배신과 시기 속에서도 단 하나 순수한 것은 인간의 깨끗한 사랑뿐이다."

실러의 말처럼 사랑은 허위와 거짓, 배신과 시기를 포용할 수 있는 위대한 정신이다. 그래서 사랑을 품고 있는 사람에게는 마음의 장벽인 바리케이드가 없다. 사랑을 마음 가득 품는 그대가 되라.

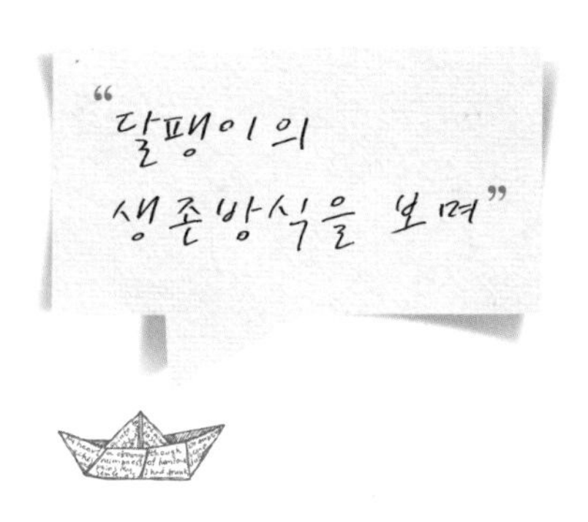

무더운 칠월 어느 날, 우연히 담벼락을 기어오르는 달팽이를 보았다. 손톱만 한 것이 온 힘을 다해 담벼락을 오르는 모습이 내겐 놀라움 자체였다. 무엇 때문에 담벼락을 오르는지는 알 수 없지만 수직의 담벼락을 오른다는 것만으로도 신기할 따름이었다.

사람들에게도 제각기 담벼락이 있다. 하고 싶은 일, 이루고 싶은 꿈이 저마다 올라가야 할 담벼락인 것이다. 그런데 담벼락을 오르기란 쉽지 않다. 쉬우면 그건 담벼락이 아니다. 그런데도 사람들 중엔 쉽게 담벼락을 오르려는 이들이 있다. 그것이 얼마나 무모하고 허황된 것인 줄도 모르면서 말이다.

현재라는 시점의 자신을 직시해야 한다. 나는 과연 지금 잘하고 있는지를…….

스스로 생각하기에 잘하고 있다는 생각이 들면 그것에 만족하고 감사하라. 하지만 잘하고 있다는 생각보다 좀 더 잘해야겠다는 생각이

든다면, 여전히 부족하다는 증거다. 부족함을 노력으로 채우며 오늘보다 더 나은 내일을 향해 가야겠다.

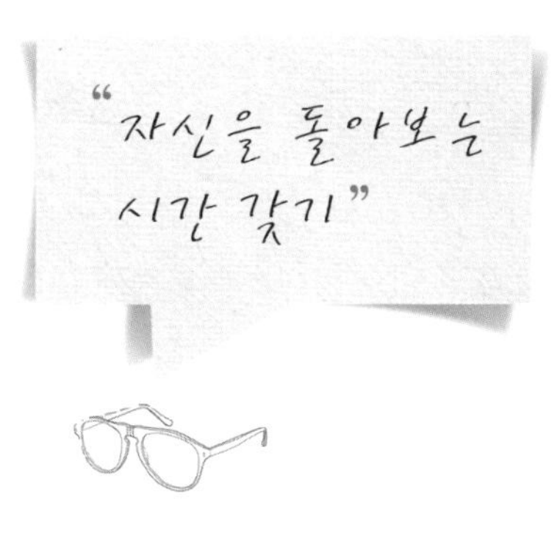

생활이 바쁠수록 자신을 돌아보는 시간을 가져야 한다. 지금 잘 가고 있는지, 잘못된 생각을 하고 있는 건 아닌지를 살펴보아야 한다. 그래서 잘 가고 있다면 스스로를 격려하고, 잘못된 생각을 하고 있다면 그 생각을 바로잡아야 한다.

스스로를 돌아보고 살펴보는 마음은 어떤 상황에서도 자신을 지키는 힘이 되어준다. 그래서 옛 성현들은 스스로에게 물어서 답을 찾곤 했다. 당연히 그 답은 삶의 빛이 되어주었다.

스스로 하는 문답법은 수행자들이 즐겨 쓰는 자기성찰법이다. 대부분의 사람은 자기성찰도 마음의 여유가 있어야 하는 게 아닌가, 하고 생각하지만 사실 이는 누구나 쉽게 할 수 있는 것이다.

틈틈이 자신에게 물어보라. 그리고 자신의 물음에 대해 스스로가 답하라. 그렇게 꾸준히 하다 보면 습관이 들 것이다. 습관이 들면 바쁜 와중에도 자신과의 대화를 즐길 수 있다.

"세상에서 가장 힘이 센 것은 보이지 않는 것, 들리지 않는 것, 그리고 만져볼 수 없는 것이다. 그것을 인간정신이라고 한다."

이는 노자가 한 말이다. 노자가 말하는 인간정신이란 바른 인간관, 즉 삶에 대한 바른 가치관을 말한다. 인간정신이 반듯하면 최악의 상황에서도 스스로를 지켜낼 힘이 생긴다. 인간정신은 자문자답하는 가운데 길러진다. 인간답게 살기를 원한다면 인간정신으로 무장하라.

어쩌다 도서관에 가보면 중고등학생들은 거의 보이질 않고, 취업을 준비하는 대학생들이나 이미 졸업한 젊은이들이 대부분이다. 도서관은 읽고 싶은 책을 맘껏 읽을 수 있는 본연의 역할을 취업생들에게 빼앗긴 지 이미 오래다. 한마디로 도서관은 취업을 준비하는 이들에겐 더없이 좋은 장소일 뿐이다. 그래서일까? 엄마와 함께 책을 읽고 있는 어린이들을 보면 머리가 맑고 깨끗해지는 기분에 마음이 청량해진다.

지금 우리의 20, 30대들은 취업에 목숨을 걸고 있다. 그도 그럴 것이 대학을 나와 놀고 있는 젊은이들이 놀랍게도 300만 명이라고 한다. 그런데 각 기업이나 국영기업체, 공무원의 신규채용 인원을 모두 합쳐도 놀고 있는 300만 명에 비하면 조족지혈(鳥足之血)에 불과하다. 그러다 보니 시간이 지날수록 백수로 지내는 젊은이들의 수는 점점 더 증가하고 있는 추세다.

대학을 마치고 한창 꿈에 부풀어 있어야 할 젊은이들이 살길을 찾지 못하고 우왕좌왕 갈피를 잡지 못하고 있다. 청운의 꿈을 한창 펼쳐야 할 시기에 취업경쟁에 치여 좌절을 먼저 맛보아야 하는 현실이 참 야속하다.

도서관에서 만난 30대 초반의 젊은이는 공무원이 꿈인데 벌써 4수라고 했다. 맑은 봄 햇살을 맞으며 벤치에서 쉬고 있는 그의 얼굴엔 젊은이다운 패기와 당당함이 그 어디에도 없었다. 축 처진 어깨, 누렇게 뜬 얼굴, 피곤에 절어 생기를 잃은 눈이 그의 현실을 말해주는 것 같아 마음이 편치 않았다. 그에게 해준 말이라고는 꿈을 잃지 않으면 반드시 꿈을 이룰 수 있다는 것이 고작이었다.

나는 오늘도 젊음을 저당 잡힌 채 도서관에서 혹은 골방에서 자신과의 싸움에 지쳐 있을 그 모든 청춘에게 파릇한 봄 햇살 같은 맑은 꿈이 싱그럽게 영글기를 마음으로 빌어본다.

"아버지라는 이름으로 산다는 것은"

출판사 볼일을 마치고 4호선을 타고 가는데, 육십이 거반 되어 보이는 머리 희끗한 남자가 내 시선을 사로잡았다. 그는 머리에 여자 머리띠를 두르고 가방 가득 담긴 머리핀이며 옷핀을 투박한 손으로 가지런히 정리했다. 사람들 눈길이 화살처럼 날아가 박혀도 그런 것 따윈 안중에도 없다는 듯 손놀림이 재빨랐다. 그러는 중에도 언뜻언뜻 주위를 살폈다. 지하철 경찰이나 직원을 살피는 것이었다. 매우 익숙한 모습이 아주 오래전부터 그 일을 해왔다는 걸 알 수 있었다. 그 모습이 공연히 슬퍼 보였다. 먹고살기 위해 때때로 어릿광대가 되기도 하는데 그게 왜 그리도 나를 슬프게 하던지…….

그러나 돌이켜 생각하니, 그것은 그에 대한 연민이라기보다는 나 스스로에 대한 연민이라는 걸 알았다. '내가 그와 같은 처지라면 그가 하듯이 할 수 있을까?' 하고 생각하니, 나는 아무래도 못할 것 같았다. 그러고 보면 그는 아버지로서 자기 역할에 최선을 다하고 있는 것이다.

언젠가 노래 CD를 팔아서 아들딸 대학을 마치게 했다는 어느 남자의 기사를 보고 참 대단하다고 생각했다. 붐비는 지하철에서 지하철 경찰과 직원들의 눈치를 살피며 CD를 팔아 두 아이 대학 공부를 시켰다니 아버지로서 존경받아 마땅하다. 취직이 되어 제몫을 다하는 아이들을 보면 아버지로서 뿌듯하다고 했다. 왜 안 그럴까? 손이 아프도록 박수를 쳐주고 싶다.

힘든데 집에서 편히 쉬라는 아이들의 만류에도 계속 일을 한다고 했다. 예전과는 달리 하루에 서너 개밖에 못 팔지만 용돈이라도 벌 수 있어 행복하단다. 이처럼 우리의 아버지는 가족을 위해서라면 무슨 일이라도 할 존재다. 아버지라는 이름의 무게가 자신을 철인(鐵人)으로 만드는 것이다.

산다는 건 누군가에겐 질리도록 넘쳐나고 또 다른 누군가엔 떨어지는 빗방울처럼 눈물겨운 것이다. 하지만 우리의 아버지는 눈물겨운 삶까지도 끌어안고 희망으로 만드는 인생의 마법사다.

지금보다 더 아버지를 사랑하고, 지금보다 더 아버지를 존경하고, 지금보다 더 아버지를 기쁘게 하라.

겨울나무

겨울나무는 순박하고 겸손하다.
겨울나무는 서로를 품어주므로 한겨울을 이겨낸다.
어리석고 탐욕스러운 구석이라고는 그 어디에도 없다.
겨울나무를 바라보는 피곤에 지친
내 눈빛 사이로 파란 겨울 하늘이 웃고 있다.
겨울 산은 겨울나무로 둘러싸여 행복하고
겨울나무는 겨울 산이 품어주어 따뜻하다.
창백한 시간 속에서도 끊임없이 꿈을 엮어
빈 들판을 따뜻하게 하는 겨울나무처럼
우리는 사랑하는 이들에게
그 무엇이 되어야 한다.

"떠나는 자만이
돌아오는 길을 안다"

꽃가루 같은 함박눈이 펑펑 내리는 날엔 하얀 연인이 되어 길을 떠나라. 밤기차를 타도 좋고, 이른 새벽 시외버스를 타도 좋고, 자가용으로도 좋고, 목적지를 정해도 좋고, 목적지를 알 수 없어도 좋다. 사랑하는 이와 나란히 어깨를 기댄 채 하얀 연인이 되어 발길 닿는 곳으로 무작정 떠나라. 아는 이 하나 없는 낯선 길에서 둘만의 사랑을 확인해보라. 그래서 더욱 자유로운 이방인이 되어보라.

사랑하는 이의 옆은 미소 같은 봄 햇살이 온 대지를 적시는 날이나 쌀가루 같은 눈이 나풀나풀 흩날리는 날엔 바다가 보이는 창 넓은 카페에 앉아 헤즐넛 커피향에 흠뻑 취해보라.

비가 내리는 날이나, 잔잔히 바람 부는 날이나, 못 견디게 삶이 외롭게 할 때나, 무언가 새로운 에너지가 필요할 땐 누가 오라 하지 않아도 밤기차가 되어 그 어디로든 떠나라. 떠나는 자만이 돌아오는 길을 안다. 돌아올 땐 아픔도 내려놓고, 슬픔도 내려놓고, 고통도 내려놓고, 서러움도 내려놓고, 그대의 마음을 무겁게 했던 삶의 무게를 다 내려놓아라. 그리고 아직까지 몰랐던 사랑의 기쁨과 희망의 푸른 꿈을 한 가득 안고 돌아오라.

자신에게 미안해하지 않기

사람들이
자신에게 미안해하는 이유는
자신에게 충실하지 못할 때이다.
후회하지 않으려면
자신에게 미안해하지 않는
삶이 되어야 한다.
자신에게 미안해하지 않는 삶이야말로
스스로에게 감사한 일이다.

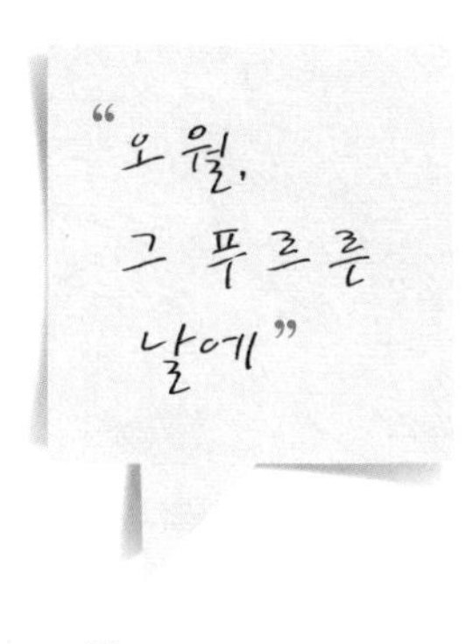

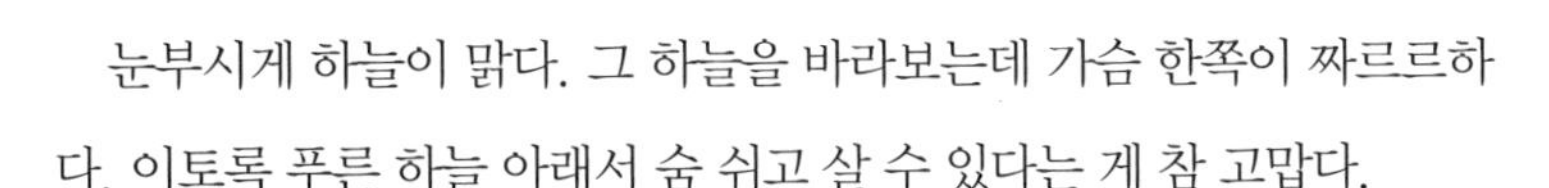

눈부시게 하늘이 맑다. 그 하늘을 바라보는데 가슴 한쪽이 짜르르하다. 이토록 푸른 하늘 아래서 숨 쉬고 살 수 있다는 게 참 고맙다.

그런데 왜 이다지도 마음이 저린 것일까. 나도 모르게 눈가가 촉촉해진다. 맑은 하늘을 바라보는 것조차 부끄러운 일이 많은 까닭일까. 머리는 맑은데 가슴은 무겁게 가라앉는다. 아, 정녕 부끄러움이 많은 까닭이다.

스스로에게 부끄럽지 않은 길을 간다는 것은 어쩌면 고행일 수도 있다. 그러나 그럼에도 그 길을 가야 한다. 인간이 인간인 까닭은 그 어떤 상황에서도 자신을 극복할 수 있어야 하기 때문이다. 그것이 인간에게 주어진 숙명이며 참된 자아를 위해 사는 길이다.

숨을 크게 들이마시며 하늘을 올려다본다. 눈이 시리도록 하늘이 맑고 푸르다. 저 멀리 치악산이 그림처럼 아름답다. 자연은 꾸미지 않아도 있는 그대로가 하나같이 명작이다. 나 또한 인생의 명작으로 남고 싶다.

오월 하늘을 새들이 활개 치며 날아간다. 하늘을 누리고 사는 저 새들의 푸른 날갯짓이 그림처럼 황홀하다. 그 또한 하나의 명작이다.

오월, 그 푸르른 날에 나는 오월의 일부가 되어 길을 간다.

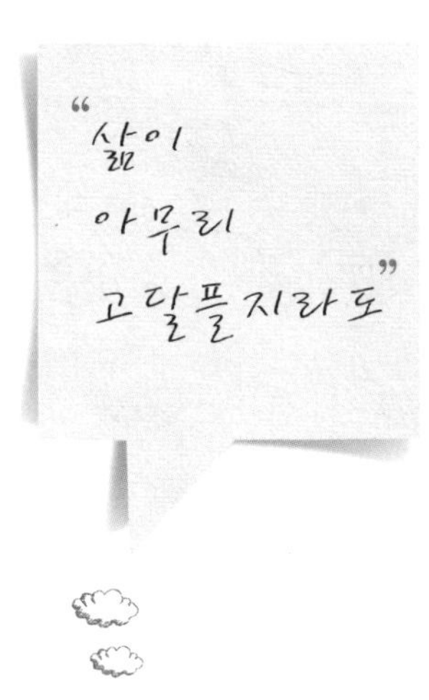

길거리 난전에 꽃 파는 여인이 서 있다. 긴 생머리에 웃는 모습이 꽃보다 예쁜 여인이 꽃이 되어 향기를 퍼뜨린다.

꽃은 사람 마음을 향기롭게 하고 영혼을 맑게 하며 무한한 세계로 이끈다. 오후 2시 길거리 난전에서 꽃 파는 여인이 꽃이 되어 웃고 있다. 지나는 사람들의 그림자가 제 키보다 짧아지고, 무더운 오월 하순의 날씨가 사람들의 이마를 땀방울로 흠뻑 적실 때에도, 꽃 파는 여인은 꽃이 되어 마음의 향기를 담아 한 묶음의 꽃을 40대 남자에게 건네고 있다. 남자는 꽃을 들고 향기를 맡으며 어디론가 발길을 재촉한다. 저 꽃의 주인은 분명 사랑하는 이일 것이다. 기분 좋은 남자의 얼굴이 그것을 대신 말해준다.

삶이 아무리 고달플지라도 사랑하는 이들에게 향기 가득한 꽃이 되어야 한다. 사람과 사람 사이를 가로막는 그 크기를 알 수 없는 마음의 벽을 꽃이 되어 허물어버려야 한다.

오월 어느 날, 오후 2시 인사동 거리 길모퉁이에서 꽃이 된 여인이 꽃을 건네고 있다. 그 순간 여인은 여인이 아니라 이미 한 송이 꽃이었다.

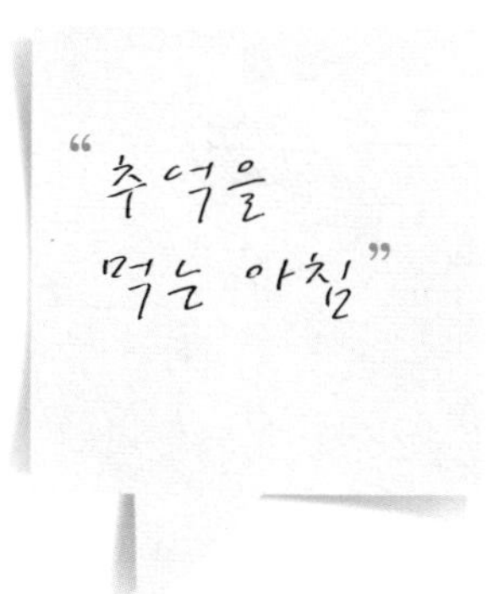

비틀즈의 '헤이 주드'를 들으며 늦은 아침을 먹는다. 상쾌한 유월 아침, 가슴을 파고드는 비틀즈의 목소리에 아득해지는 시방, 추억은 아름다운 것이라는 문구가 이마를 쓸어내린다.

그동안 많이 잊고 살아왔다. 무수히 만나고, 헤어지고, 웃고, 울고, 토라지고, 그러다가 다시 깔깔거리던 스쳐간 시간과 사람들……. 다들 지금 무엇을 하는지……. 지난날 그 눈빛, 그 목소리가 내 가슴을 적시며 고요히 젖어든다.

그때 그 시간들을 다시 돌이킬 수 있다면, 지난날의 과오를 조금이라도 씻어버릴 수 있을 텐데……. 그리고 조금은 더 행복한 마음으로, 다정한 눈빛으로, 사랑하는 이들을 바라볼 수 있을 텐데…….

시방 난 추억을 반찬 삼아 늦은 아침을 먹는다. 추억은 언제나 모과향기 같다. 텁텁하지만 가슴 깊이 향기로 스며드는 그 아련한 맛, 그

향이 나를 견딜 수 없게 한다.

추억이 아름다운 건, 지난날은 그것만으로도 누군가에게는 위안이 되고, 꿈이 되고, 잊지 못할 영원이 되기 때문이다. 가슴이 허하고 부실한 잇몸처럼 시린 날엔 고운 추억에 잠겨 그 순간만큼은 모든 것을 잊어도 좋으리.

"추억은
아름다운 것."

"온기가 떠난 가슴"

사람들의 온기(溫氣)를 잃은 집은 주검처럼 쓸쓸하다. 사람들의 온기가 떠나버린 텅 빈 마을은 전쟁이 남긴 상흔처럼 폐허가 된 허무의 그늘이다.

사람의 온기가 식어버린 이의 얼굴은 석화(石花)처럼 뻣뻣하다. 사람의 온기를 받지 못한 이의 눈은 허수아비 동공처럼 공허하다. 사람의 온기가 하늘도 땅도 집도 사람도 따스하게 품어야 화평하게 된다는 것을, 사람의 온기가 떠나는 순간 이 땅 위에 존재하는 것들은 더 이상 의미 없는 것들에 불과하다는 것을 알지 못한 죄가 실로 크다.

사람의 온기는 모두를 자유롭게 하고 호흡하게 한다는 걸 알기까지 너무 먼 길을 돌아왔음을 고백한다. 무지(無智)의 허망함과 속절없음이 가슴을 시리게 한다. 떠나간 온기를 다시 불러들이고 더는 온기가 떠나지 않도록 너와 나, 우리는 하나의 따뜻한 숨결이어야 한다.

처연한 갈대로 하얗게 흔들리고 싶다

갈대를 보면 가을 들녘 갈대로 흔들리고 싶다.

갈대를 보면 허위와 체면치레로, 얄팍한 지식으로 무장한 서늘한 내 몰골이 낯설게 다가온다.

내 마음이 완악해지고 오만과 편견으로 사로잡힐 땐 하얗게 하얗게 흔들리는 갈대를 생각한다.

갈대를 볼 때마다 가을 들녘 끝을 지키고 서서 바람 앞에 순응하는 하얀 갈대로 나부끼고 싶다.

순응을 거부하고 내 중심에 서서 나의 하늘과 나의 바다에만 천착하던 나의 아집과 모순을 갈대의 흔들림 앞에 털어버리고 나 또한 갈대로 흔들리고 싶다.

갈대를 보면, 그 처연히 순응하는 갈대를 보면, 붉은 노을 지던 가을 들녘 끝 하얀 갈대로 흔들리고 싶다.

"가을 길은
모든 것을
품어준다"

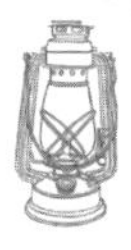

들길을 걸어가는데, 잠자리 떼가 우르르 몰려와 호기심 어린 큰 눈으로 쳐다본다. 마치 작은 꽃 이파리들이 둥둥 떠도는 것 같다. 팔을 들어 흔들자 철부지 유치원생들처럼 저 멀리로 도망쳤다간 다시 우르르 몰려온다.

한 걸음씩 발길을 옮길 때마다 개구쟁이들처럼 뒤쫓아오는 잠자리들, 들길이 온통 잠자리들로 그득하다.

홀로 걸어도 전혀 심심치가 않다. 가을 향기가 가을 길을 둘러싼다. 흠흠, 가을 향기를 맘껏 들이마신다. 가슴이 맑고 환해진다.

가을은 가난한 마음을 풍요롭게 한다. 가을은 감사의 계절, 가을이 오면 행복한 마음이 된다. 가을을 보고 미움을 말하지 말라. 가을이 오면 무심함을 드러내지 말라. 가을은 모두를 따듯하게 품어준다.

사는 일이 번잡하여 마음 둘 곳이 없을 때, 사랑하는 이와 다정한 시간을 갖고 싶을 때, 가끔은 외롭고 우울할 때, 새로운 아이디어를 찾고 있을 때, 친구와 말다툼을 벌이고 마음이 편치 않을 때, 한 편의 아름다운 시가 읽고 싶을 때, 군대 간 남자 친구가 그리워질 때, 어릴 적 동무가 못 견디게 생각날 때, 고향에 계신 부모님이 보고 싶을 때, 잊혔던 소중한 기억을 되살리고 싶을 때, 나쁜 기억을 훌훌 털어버리고 싶을 때, 잠시 하던 일 접어두고 시내를 벗어나라. 코스모스가 무리지어 핀 아름다운 들길에서 크게 심호흡을 하며 이쪽 끝에서 저쪽 끝까지 사뿐히 걸어가보라. 풀꽃 향기가 코끝을 적시고, 푸른 가을바람이 귓등을 간질이는 그 풋풋한 동심을 느껴보라. 돈으로는 살 수 없는 산뜻한 '가을의 미(美)'에 흠뻑 빠져 그대 또한 가을이 되라.

"따뜻한 위안이 필요할 때"

어느 날은 문득 나만이 세상 밖으로 밀려나 홀로 떨어져 암흑 속에 갇혔다는 생각이 들 때가 있을 것이다. 하는 일마다 내 뜻과 달라 견딜 수 없는 고통으로 좌절할 때도 있을 것이다. 때때로 사는 게 막막하고 막연해지는 까닭으로, 이러지도 저러지도 못하고 방황의 늪에 빠져 허덕일 때가 있을 것이다. 바람이 불면 바람이 부는 대로 이끌리고, 비가 내리면 그 비를 맞으며 살고 싶을 때도 있을 것이다.

이럴 때 해맑은 봄빛처럼 살며시 다가와 내미는 손길이 간절해지는 것은, 사람은 서로 기대고 위안이 필요한 그리움의 존재이기 때문이다. 내 진실한 마음으로 누군가의 눈물을 닦아주고, 누군가의 손길로 핏기 잃은 가슴을 위로받길 원한다면 가장 평안한 눈길로 따뜻한 위안이 되어야 한다. 누군가의 생을 탄탄하게 받쳐줄 넉넉한 마음으로 이 길을 가는 사람은 가장 아름다운 사람이다.

그대는 그런 사람을 가졌는가? 그렇다면 그대는 진실로 행복한 사람이다. 그러나 만일 그렇지 않다면 지금부터라도 그대가 먼저 누군가에게 따뜻한 위안이 되라. 그러면 그대 또한 따뜻한 손길을 가진 그 누군가로부터 위안을 받을 것이다.

"해맑은
봄빛처럼
살며시 다가와
내미는
손길"

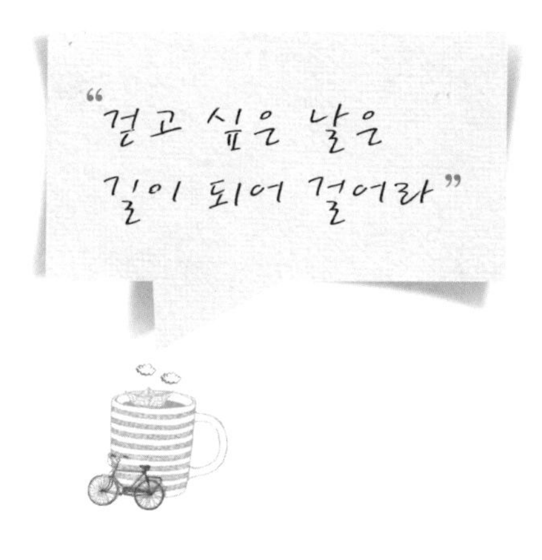

날씨가 못 견디게 맑은 날이나 사월 꽃비가 내리는 날이나 가을바람이 소슬하게 가슴을 촉촉이 적시는 날은 목적지를 정하지 않고 걷고 싶다. 길을 걸어가다 아기의 연한 볼 같은 들꽃의 얼굴도 만져보고, 바위에 걸터앉기도 하고, 하늘을 나는 새를 향해 푸른 휘파람도 불어보고, 흐르는 냇가에 발도 담그고 싶다.

까닭 없이 문득 걷고 싶은 날은 가는 길을 정하지 말고, 마음이 이끄는 대로 걸어가라. 규정된 틀 속에 갇힌 삶은 잠시 잊어버려라. 많은 것을 듣기만 하고 손에 쥐하기만 한다면 그게 어디 온전한 삶이겠는가.

버려라, 쏟아내라. 버리는 만큼 쏟아내는 만큼 생은 가벼워지리니. 걷고 싶은 날은 목적지를 정하지 않은 채 생각이 이끄는 대로 발걸음을 옮겨보라. 그리고 가슴속이 환해지도록 걷고 걷다 새털처럼 가벼운 마음으로 돌아오라. 생은 그렇게 가고 오는 것이다.

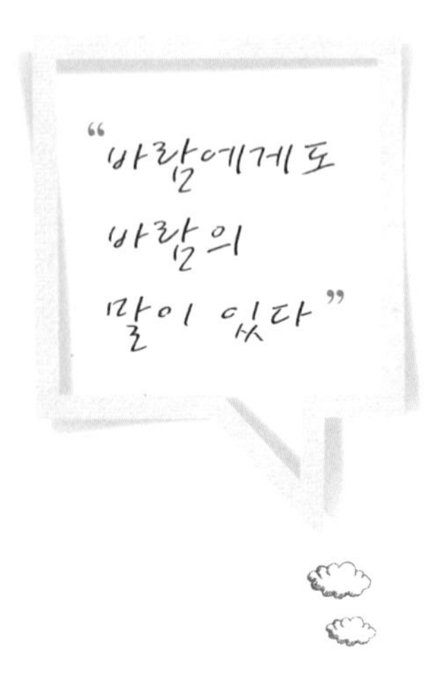

바람에게도 바람의 말이 있다. 고즈넉한 저녁, 가만히 귀 기울이면 웅웅대는 바람의 말을 들을 수 있다. 바람 속을 걸어가면 가슴으로 들려오는 바람의 말이 있다. 아무도 들어보지 못한 바람의 말이지만, 누구나 들으면 알 수 있을 것만 같은, 마치 어린 시절 할머니 무릎을 베고 누워 어린 가슴에 착착 달라붙은 옛이야기 같은, 첫사랑이 나긋나긋 속삭이는 것 같기도 한 바람의 말이 귓등을 때리며 마음으로 번진다. 순간 한껏 맑아오는 저 영롱한 빛 부심의 황홀경은 꿈결처럼 아득하다.

바람은 한곳에 머무르길 거부한다. 한곳에 머무는 것은 더 이상 바람이 아니다. 그것은 이미 숨줄이 끊긴 죽은 바람이다. 바람의 말을 하지 못하는 것은 바람이 아니다. 바람은 중얼대며 불어야 한다. 어느 누구에게나 다가가 시원스럽게 손을 내밀어야 바람이고, 그게 비로소 바람의 말이다.

잊지 못한 사람이 생각나거나, 삶의 뼈마디가 욱신거리며 통증이 일 땐 바람을 맞으며 바람의 말을 들어보라. 바람 속으로 걸어가며 소곤대는 바람의 말을 듣고 나면 암울했던 시간의 그림자도, 숨을 놓고 싶은 비감함도 흰 눈처럼 녹아 사라질 것이다.

"첫사랑이
나긋나긋
속삭이는 것
같기도 한
바람의 말."

사람과 사람 사이에는 일정한 거리가 있다. 가까이 있으면서도 더는 가까이 갈 수 없는 거리. 그 거리로 인해 사람들은 저마다 슬픔을 지니고 산다. 그 거리를 좁혀야 한다는 것도 알고 있다. 그러나 그럼에도 서로의 사이를 완고하게 가로막고 있는 거리의 간격.

사람 사이에는 더는 좁힐 수 없는 거리가 있다. 가까이 있음에도 천리만리처럼 느껴지는 그 거리의 간격, 그 간격으로 사람들은 저마다의 가슴에 섬 하나 띄우고 살아간다.

우리는 무엇을 위해 오늘의 하늘을 바라보고, 땅에 발 디디며 때론 눈물 떨구고 또 때론 미친 듯이 웃어야 하는가. 사람과 사람 사이를 가로막고 있는 거리, 손에 닿을 듯 뜨거운 호흡을 느끼면서도 먼 나라 사람 같은 서먹함을 느껴야만 하는 거리, 그 거리의 간격이 우리를 슬프게 한다.

우리의 의무는 그 거리를 좁히는 데 있다. 좀 더 가까이 다가가 하나가 되어 느끼고 울고 웃으면서 비로소 진정한 내가 되고 네가 되어야 한다. 그래서 서로의 가슴에 떠 있는 섬을 지워버려야 한다.

"좀 더 가까이 다가가
하나가 되어
느끼고 울고 웃으면서
비로소
진정한 내가 되고
네가 되어야 한다."

"버릴 때 버려야
미련이 남지 않는다"

산도, 들도, 텅 비어서 맑고 충만한 고요.

모든 것을 비워내고도 풍만한 젖가슴을 드러낸 르누아르의 그림 속 벌거벗은 여인처럼 겨울은 꽉 찬 충만함이다. 저 충만한 엄숙함 앞에 그 누가 감히 고개를 들고 허위를 말할 수 있을까.

한껏 몸을 낮추고 겨울이 베푸는 설법(說法)을 경청하며 봄, 여름, 가을이 지나는 동안 쌓아두기만 했던 탐욕의 찌꺼기들을 깨끗이 씻어버려야 한다.

버릴 때 버리지 못함은 어리석은 자의 수치와 같다. 버릴 땐 미련을 두지 말고 버려야 한다. 미련을 남기는 것들은 그 무엇이라 할지라도 슬픔을 남기는 까닭이다.

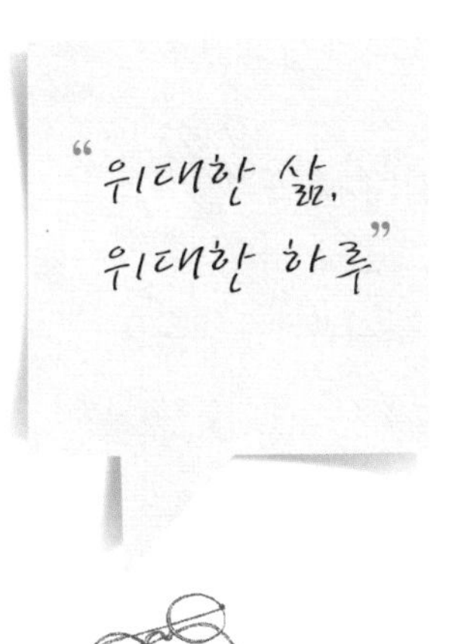

위대한 역사는 위대한 하루에서 왔다. 위대한 하루는 위대한 생각에서 시작되었다. 하루가 위대하다는 것을 우리는 까마득히 모르고 지나간다. 아니, 알아도 게으름과 무지로 그것을 애써 외면한다.

하루에도 이 땅에는 수많은 역사가 쓰인다. 새로운 목숨들이 이 땅에 희망을 불어넣고, 삶을 다한 가쁜 호흡들이 거친 숨을 몰아쉬며 이 땅을 떠나간다.

무(無)였던 것들이 유(有)가 되고, 유였던 것들이 무가 된다.

하루를 마른 나무 껍데기처럼 여기지 말라. 하루가 모여 한 달이 되고, 일 년이 되고, 백 년이 되고, 수천 년이 되고, 억만 년이 된다. 이런 까닭에 하루가 빠져버리는 순간 역사는 더 이상 존재하지 않는다. 하루가 빠져버린 역사는 온전한 역사라고 할 수 없다. 그것은 멈춰버린 시계처럼 비운의 역사로 그치고 말 것이다.

너도 위대한 하루의 자손, 나 또한 위대한 하루의 피붙이일진대 하루하루가 어찌 위대하지 않을 수 있을 것인가.

저기 새로운 하루가 밝은 여명으로 오고 있다. 경건하게 중심을 다하여 맑은 미소로 맞아야 한다. 날마다 하루는 새로운 역사를 잉태하여 풀어놓는 우주의 자궁이다.

지금껏 무엿던 것들이 날개를 달고 핏줄을 세워 힘차게 일어날 것이다. 위대한 하루가 죽지 않는 한 위대한 역사는 이 땅에 새롭게 쓰이고 유장(悠長)할 것이다.

"사랑은 불멸의 꽃"

존재하는 모든 것이 흔적 없이 사라진다 해도 단 하나 변하지 않는 것이 있다. 그것을 우리는 '사랑'이라고 말한다. 사랑은 모든 것의 창조이며 근원이며 이상이다. 그래서 사랑은 참혹한 고통 중에서도 견뎌내며, 아픔 속에서도 쓰러지지 않고 우뚝 서서 모두를 굽어보며, 모두에게 따뜻함을 건네며, 의연하게 생명을 잉태하고 자라나게 한다.

그러나 언제나 약속을 깨고 돌아서는 것은 사람이며 무책임하게 변명을 일삼는 것도 사람이다. 하지만 사랑은 모든 것에 대한 믿음이며 확신이다.

사랑을 물로 보지 말라.

사랑을 일회용 놀이로 폄훼하지 말라.

사랑은 그 무엇으로도 깨뜨릴 수 없고 굴복시킬 수 없는 불멸의 꽃이며 영원성의 모태이다. 사랑은 우주가 도래한 이래 한 번도 꺾인 적이 없고 한 번도 호흡을 멈춘 적이 없다.

그대여, 불사애(不死愛)를 아는가? '사랑은 죽지 않는다'라는 이 명제가 이토록 절절이 가슴을 울려오는 것을 느껴본 적이 있는가? 사랑은 영원히 죽지 않는 불멸의 꽃이다.

"용서란
순정한 영혼의
발자국이다"

나를 한껏 낮춰 몸을 굽히고 따뜻한 눈빛으로 용서할 수 있다면 그것은 얼마나 아름다운 일이겠는가. 나의 허물을 감추지 않고 거짓 없는 마음으로 용서를 구할 수 있다면 그 또한 얼마나 아름다운 일이겠는가.

나를 낮추지 못하고 굽히지 못하고 허물을 감추려고만 하니, 용서하고 용서받지 못하는 우리의 시대는 마치 어둠에 잠긴 뒷골목을 걸어갈 때처럼 쓸쓸하다.

용서란 개인과 개인, 개인과 사회, 사회와 사회가 서로 화해하고 조화롭게 이어가는 삶의 징검다리 같은 것이다. 나를 낮추지 못하고 나의 허물을 감추려고만 하는 이 지독한 모순으로 인해 오늘도 이 대지엔 대립만 저리도 난무한다.

내가 살기 위해, 네가 살기 위해, 우리가 더불어 살기 위해서는 썩은 위선을 버려야 한다. 위로만 치솟으려는 오만을 꺾어버려야 한다. 그리고 서로의 가슴에 아침 햇살처럼 밝고 따뜻한 사랑으로 채워야 한다.

용서란 서로의 편에 서서 서로의 입장이 될 때 진정으로 할 수 있는 화해의 몸짓이다. 또한 용서란 용기 있는 자만이 할 수 있고, 용서받을 수 있는 자만이 할 수 있는 순정(純情)한 영혼의 발자국이다.

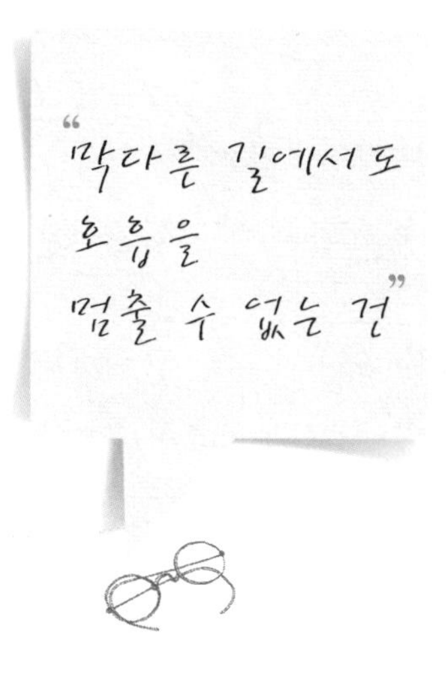

선달그믐, 한쪽으로 기운 하늘 동편 끝으로 점점이 떠서 새들이 날아간다. 그 뒤를 한 줄기 빛이 따라간다. 떠나가는 것들은 새든 한 줄기 빛이든 바람이든 모두 슬픈 눈을 가졌다.

하지만 다시 돌아온다는 그 기약만으로도 꿈은 결코 죽지 않는다.

우리와 함께하는 모든 것은 떠나고 다시 돌아오고, 돌아왔다간 다시 떠나기를 반복하며 저마다의 호흡으로 이 길을 간다.

산다는 것은 누군가에게 기쁨이기도 하고, 또 누군가에는 슬픔이기도 하지만 영원한 기쁨도 영원한 슬픔도 없다. 산다는 것은 기쁨과 슬픔이 공존하는 시간의 흐름이다. 그 시간 속에서 살아가는 게 우리다. 지금 힘들다고 해서, 외롭다고 해서, 고통스럽다고 해서, 그립다고 해서 스스로를 괴롭히지 말라. 모든 것을 있는 그대로 받아들이고, 어떻게 하면 그것들로부터 자신을 극복할 수 있는지를 생각하라. 그리고 생각한 것을 실행하라. 그렇게 할 때 자신으로부터 진정 자유로울 수 있고, 그 어떤 상황에서도 자신에게 지지 않고 스스로를 굳게 지켜냄으로써 원하는 대로 살 수 있다.

힘겨워하는 것들은 모두 외로운 눈을 가졌다. 그러나 우리가 막다른 길에서도 호흡을 멈출 수 없는 건 저마다의 숨결이 환하고 푸르게 살아 있기 때문이다.

사랑을 계산하지 말라

사랑하면 사랑한다고
보고 싶으면 보고 싶다고
있는 그대로 이야기하고 살자.

주었을 때 몇 개가 돌아올까,
몇 개 손해 볼까,
계산 없이 주고 싶은 만큼 주고 살자.

너무 어렵게 등 돌리며 살지 말자.
등 돌린 만큼 외로운 사람이니
등 돌릴 힘까지 내어 사람에게 걸어가자.

"힘들고 외로울 땐 태백으로 가라"

기차를 타고 태백으로 간다. 가을바람은 향기롭고 가을 하늘은 드높아 내 마음도 맑고 푸르다. 구월, 하늘의 눈동자는 사랑하는 이의 눈처럼 미려하다. 한때 젖과 꿀이 흐르던 검은 진주 태백, 글 쓰는 이들이 한 번쯤은 다녀간다는 태백을 향해 나는 간다. 그곳은 숙명 같은 그 무엇으로 사람들을 잡아끄는 힘이 느껴진다. 인생을 사로잡는 초월적 카리스마 같은 힘이 펄펄 살아 꿈틀거린다.

제천, 쌍용, 영월, 예미, 함백, 증산, 사북, 고한, 추전 그리고 태백에 이르듯이 우리 삶도 반드시 지나가야 할 운명 같은 길과의 만남이 있다. 태백을 가며 생각한다. 작은 일에 묶여 갈등하고 울고 눈 흘기고 징징댄다는 것은 부끄러운 일이라고…….

때론 모든 속박으로부터 나를 벗고 싶을 때가 있다. 그러나 그 어느 누구도 세상에 뿌리를 딛고 살아가는 한 벗어날 수 없다. 세상은 인간에게 삶의 탯줄과 같은 것이다. 삶의 탯줄을 벗어나는 순간 더 이상의 내일을 기약할 수 없다.

인생이란 때때로 평행선을 달리는 기차와 같다. 멀리 있는 것도 어느새 손끝에 닿아 있고 손에 쥔 것도 저 멀리 사라져간다. 바득바득 발 동동 구르며 살아온 세월도 결국엔 한날 바람처럼 느껴질 때가 있음을, 기차를 타고 달리며 다시금 생각한다.

삶이 힘들고 외로울 땐 태백으로 가라. 한때 젖과 꿀이 흐르던 그곳, 사방에서 모여든 인간의 군상이 삶의 뿌리를 박고 치열하게 몸부림치던 그곳에 가면 안 보이던 자신의 내면을 보게 될 것이다.

"사랑하는 이를
최고로
사랑하라"

사랑시에서 독일의 시성 괴테나 영국의 예이츠를 넘어서는 시인이 바로 미국의 여류시인 수잔 폴리스 슈츠다. 내가 이렇게 생각하는 까닭은 괴테와 예이츠가 관념적인 사랑을 말할 때 수잔 폴리스 슈츠는 섬세한 감정을 매우 구체적으로 표현한다고 보기 때문이다. 이는 사랑의 체험 없인 절대 쓸 수 없다. 라이너 마리아 릴케는 '시는 체험이다'라고 했다. 그래서일까? 그녀의 시 대부분은 사랑의 감정이 그대로 묻어나는, 그래서 독자로 하여금 깊이 공감하게 하고 대리만족을 느끼게 한다.

좋은 시란 읽어서 그 즉시 가슴에 단비처럼 녹아들며, 쉬운 시어로 남녀노소 누구나 쉽게 이해할 수 있어야 한다는 게 나의 시론이다. 이런 관점에서 볼 때 수잔 폴리스 슈츠의 사랑시는 단연 으뜸이라고 하겠다.

당신을 향한 나의 마음은

어떤 말로도 표현할 수 없답니다.

지금까지 내 마음을 설레게 했던

그 어떤 느낌보다도 당신을 향한 나의 마음을

어떤 말이나 글로 표현한다는 것은

스스로도 감당할 수 없는 너무도 깊은 감정이기

때문이랍니다.

이 신비로운 느낌을 나로선 어떻게

설명할 수가 없습니다.

당신과 함께 있을 때 나는

맑고 푸른 하늘을 자유롭게 나는 한 마리 새였답니다.

내 인생의 꽃잎을 활짝 피우는 한 떨기 꽃이었답니다.

해변으로 밀려와 거세게 부서지는 파도였답니다.

내 본연의 색채를 자랑스럽게 보여줄 수 있는

폭풍 뒤의 무지개였답니다.

당신과 함께 있을 때

이 세상 모든 아름다움이 나의 주위를 감싸줍니다.

당신과 함께 있을 때

내가 느낄 수 있는 모든 신비스러움 중에서

가장 미미하게 느껴지는 사랑이라는 단어는

당신을 향한 나의 깊고 진실된 마음을

설명하기 위해서 존재할지는 모르지만

내겐 충분할 만큼 강렬하지 않고는 도저히

내 마음을 표현할 수 없어

수천 번이라도 말하게 해주세요.

당신을 사랑이라는 말보다 더 사랑하고 있습니다, 라고.

이는 수잔 폴리스 슈츠의 '사랑이라는 말보다 더 당신을 사랑합니다'라는 시다. 이 시에는 사랑하는 이로 인해 행복하고, 그 사랑에 감사하는 마음이 잘 나타나 있다. 시적 화자는 사랑하는 이와 있을 땐 한 마리 새가 되고, 한 떨기 꽃이 되고, 파도가 되고, 무지개가 된다고 말한다. 참 좋은 사랑시다.

당신은 당신이 사랑하는 사람에게 "사랑이라는 말보다 더 당신을 사랑합니다"라는 말을 종종 듣고 있는가? 만일 듣고 있다면 당신은 참 행복한 사람이다. 만일 그렇지 않다면 당신이 먼저 "사랑이라는 말보다 더 당신을 사랑합니다"라고 고백하라. 그리고 사랑의 확신을 심어주어라. 그러면 당신은 당신이 사랑하는 이에게 최고의 찬사를 받을 것이다.

CHAPTER 04

마음에서 버려야 할 것, 마음에 새겨야 할 것

마음에서 버려야 할 것들은 탐욕, 시기, 중상모략, 나태함, 두려움, 남을 탓하는 마음, 부정적인 마음,

지금 할 일을 매번 미루는 습관, 약속을 지키지 않는 습관 등이다.

마음에 새겨야 할 것은 겸손함과 친절함, 너그러움, 인자함이다.

마음에서 버려야 할 것은 버리고, 마음에 새겨야 할 것은 새겨야 한다. 그래야 마음이 맑고 삶이 건강해진다.

누군가의 영혼 속에 오래 남는 사람이 되어야 한다. 살아가는 동안 무수히 많은 사람 중에 누군가의 영혼 속에 특별한 존재로 기억되는 것처럼 행복한 일은 없다.

사랑을 아낌없이 다 줘버려도, 내가 지닌 모든 것을 송두리째 주어도 기쁨으로 남는 생애란 그 얼마나 눈부신 목숨인가. 하루하루 그 누군가를 기억하며 즐거움의 콧노래를 부르며 부끄럼 없이 사는 일처럼 감사한 일이 또 어디 있을까.

나를 살고 나를 남기고 떠나되, 그 누군가의 기억 속에 나를 길이 남기고 떠나는 그대가 되라. 누군가의 까만 눈망울 속에 오래도록 지워지지 않고, 평생 따뜻한 마음의 불꽃을 피우는 그대가 되라. 이런 생이야말로 가장 아름답고 성공적인 인생이다.

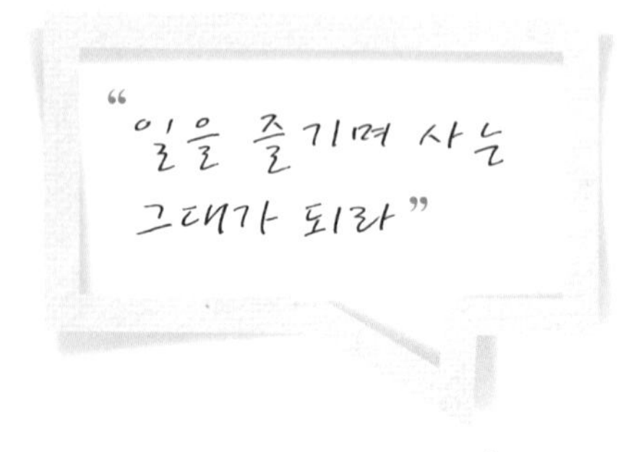

'무슨 일이든 단지 아는 것만으로도 그것을 좋아하는 사람을 따라갈 수 없다. 무슨 일이든 단지 좋아하는 것만으로는 그것을 즐기는 사람만큼 잘할 수 없다. 일도, 취미도, 공부도 즐길 수 있어야 그것의 진정한 가치를 실감할 수 있다.'

이는 《논어》에 나오는 말이다. 이 말의 핵심은 일을 좋아하는 사람, 일을 즐기는 사람을 따라갈 수 없다는 것이다. 그러니까 일을 할 땐 좋아해서 즐기면서 해야 일의 가치를 추구할 수 있다는 의미다.

언젠가 직장 봉사단체에서 노인들의 집을 고쳐주는 것을 본 적이 있다. 그들은 같은 직장 동료로, 도배를 해주고 문을 고쳐주고 비가 새는 지붕을 고쳐주는 등의 힘든 일도 마다하지 않았다. 즐겁게 일하는 그들의 모습엔 힘든 기색이라고는 찾아볼 수 없었다. 자신들이 좋아해서 하는 일이니 만큼 즐겁게 일하는 모습은 보는 내 마음까지도 행복하게 만들었다.

요즘 젊은이들은 힘든 일, 궂은일은 도통 할 생각을 안 한다. 편한 일만 하려니까 치열한 경쟁으로 취업을 하기가 쉽지 않다. 힘들고 궂은일도 해봐야 일의 소중함도 알게 되어 더욱 감사한 마음으로 일할 수 있다. 무슨 일이든 즐기는 마음으로 하면 일의 능률도 오르고 보람도 더 느낄 수 있다.

삶을 즐기며 사는 사람들은 무슨 일을 하는 데에서 망설임이 없다. 그들이 생각한 것은 곧 현실로 옮겨진다. 그리고 마치 신 나는 게임을 하듯 그 일을 해나간다. 하다 보면 잘될 때도 있지만 잘 안 될 때도 있다. 그래도 찌푸리거나 징징대지 않는다. 그런 부정적 태도가 자신에게 마이너스가 된다는 것을 잘 알기 때문이다.

지금 주어진 일을 즐기면서 하라. 그 일이 마음에 들지 않아도, 힘들고 어려워도 참고 견디며 즐거운 마음으로 하다 보면, 길과 길이 만나 또 다른 길이 되듯 자신이 좋아하는 일을 할 수 있을 것이다.

지금과 다른 길로 가는 것은 또 다른 ‘자기 창조’다. 지금까지는 지금까지의 길이고, 지금부터는 새로운 변화를 추구하는 길이기 때문이다.

그러나 가보지 않은 길은 어둠의 길 같아서 두려움을 느끼게 마련이다. 그런데 그것을 알면서도 그 길을 간다는 것은 용기 있는 일이다. 남들의 부러움을 사는 일은 평범한 가운데서 이루어진 게 거의 없다. 남들이 하지 못하고 두려워하는 것을 이루었기 때문에 그만큼 부러움을 사는 것이다.

지금과 다르게 살고 싶다면 자신을 새롭게 해야 한다. 그 새로움 속에서 자기 창조가 실현되는 것이다. 여기서 한 가지 마음에 깊이 새겨야 할 것이 있다. 새로운 것을 하다 보면 스스로에게 실망할 때도 있고, 타인들에게 강한 비판을 받을 수도 있다. 그러나 그럼에도 새롭게 거듭나고 그렇게 자기 창조를 실현하기 위해서는 잘못되었을 때 스스로를 비판하고 반성하며 타인들의 비판을 받아들여야 한다. 이에 대해 프리드리히 니체는 이렇게 말했다.

"인간은 늘 껍질을 벗고 새로워진다. 그리고 항상 새로운 생을 향해 나아간다. 그렇기에 과거에 필요했던 것이 지금은 필요치 않게 되어버리는 것이다. 그러므로 스스로를 비판하는 것, 타인의 비판에 귀 기울이는 것은 자신의 껍질을 벗는 일과 다름없다. 한층 새로운 자신이 되기 위한 탈바꿈인 것이다."

니체의 말은 새로워지기 위한, 즉 자기 창조를 위한 아주 적확한 지적이라고 하겠다. 하루하루의 삶은 늘 새롭게 진화되고 있다. 그런데 자신은 늘 그 자리에 머물러 있다면 그것은 스스로를 자멸로 이끄는 일이 될 것이다.

새로운 나로 살기를 원하는가? 그렇다면 자신을 끊임없이 새롭게 하라. 자기 창조는 새로움에서 오는 열정의 증거다.

"패배주의에서 벗어나기"

인간의 자유를 구속하는 적은 외부 환경에도 있지만, 그보다 더 큰 적은 바로 자기 자신이다. 자신의 마음을 다스리지 못하기 때문에 인간은 자유롭지 못한 것이다.

수단과 방법을 가리지 않고 남을 넘어서려는 마음, 공격하고 비판하는 마음, 시기하고 질투하는 마음 등이 자신을 자유롭지 못하게 하는 것이다. 이런 마음에 사로잡히면 부정적인 생각의 지배를 받고, 패배주의에 빠지게 된다.

패배주의는 자신의 인생을 파괴시키는 무서운 괴물과 같다. 패배주의에서 벗어나기 위해서는 자신이 스스로를 존중하듯 상대를 존중해 주는 마음을 가져야 한다. 그렇게 되면 남을 넘어서려는 마음에서, 공격하고 비판하는 마음에서, 시기하고 질투하는 마음에서 벗어날 수 있다. 그러면 결국 부정적인 자아로부터 해방될 수 있다.

이에 대해 공자는 다음과 같이 말했다.

"자기 자신을 존중하듯 남을 존중하며, 남이 자기 자신에게 해주기를 원하는 것처럼 자신이 남에게 해줄 수 있다면 그 사람은 사랑을 알고 있다고 할 수 있다. 이 세상에 그 이상의 것은 없다."

자신을 존중하듯 남을 존중하는 마음을 갖기란 쉽지 않다. 그러나 부정적인 자아에 물들지 않고 패배주의에 빠지지 않기 위해서는 그렇게 해야 한다. 혹여 이에 대해 그렇게 한다는 건 너무 어렵지 않느냐고 반론을 제기하는 이들도 있을 것이다. 하지만 그것은 어리석은 질문일 뿐이다.

세상에 쉬운 일은 없다. 하기 쉬워 보이는 일도 막상 자신이 하려면 어렵게 느껴진다. 그러나 자신이 원하는 길을 가기 위해서는 해야 한다. 실천하는 자만이 원하는 것을 손에 쥘 수 있는 법이다.

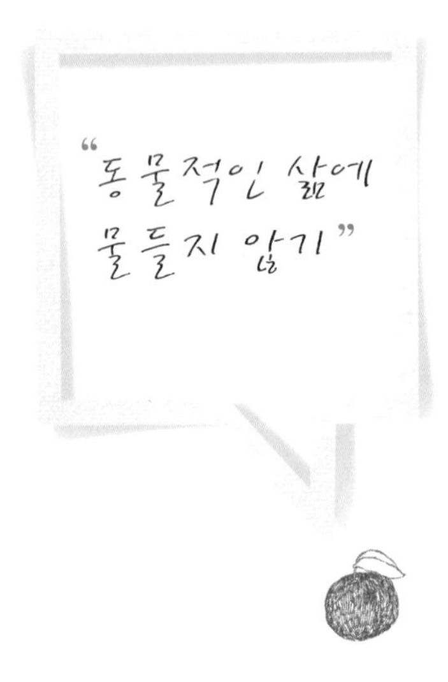

바쁘게 살다 보면 자신이 왜 이렇게 살아야 하는지 모르겠다고 말하는 사람들이 있다. 나는 이 말에 공감한다. 바쁘다 보면 알고 있던 것들조차 잊고 지나치게 된다. 이를 늘 조심하고 경계하지 않으면 안 된다. 삶의 본질을 잃을 수 있기 때문이다. 삶의 본질을 잃는다는 것은 동물적인 삶에 불과하다.

그러면 삶의 본질이란 무엇인가? 단적으로 말해 '사람답게 살아가는 일'이다. 사람답게 살아가는 일이란 이성적으로 생각하고, 인간에 대한 예의를 지키며, 할 일과 해서는 안 될 일을 가릴 줄 아는 것이다. 그래서 사람답게 살아가는 일에 저촉되는 행동을 한다면 그것은 동물들이나 하는 일일 뿐이며 따라서 동물적인 삶이라고 하겠다.

"사람은 자기의 행위를 스스로 지배할 수 있어야 한다. 자기 자신에게서 발견하고 자기가 살고 있는 동안 발전시켜 나아가지 않으면 안 된다. 그것 외에 선이 있다고는 생각하지 말아야 한다."

이는 미국의 시인이자 사상가인 랠프 에머슨의 말이다. 확실히 인간은 자신이 하는 말과 행동을 지배할 수 있어야 한다. 그래야 해도 되는 일과 해서는 안 되는 일을 분별하며 사람답게 살아갈 수 있다.

동물은 이런 판단 능력이 없기 때문에 죽었다 깨어나도 동물적인 삶을 살 수밖에 없다. 사람답게 사느냐, 동물적인 삶을 사느냐는 오직 스스로의 판단에 달려 있다.

"사람답게
사는 일,
스스로의
판단에
달려 있습니다."

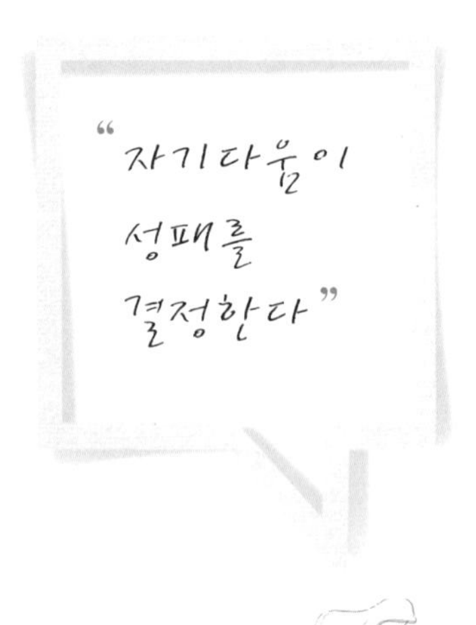

현대사회는 유행에 무척 민감하다. 변화의 속도가 번개와 같다. 그리고 변화의 속도만큼 발 빠르게 적응한다. 어제의 새로움이 오늘은 더 이상 새롭지 않다. 오늘은 어제와는 다른 그 무엇을 필요로 하는 게 현대사회다. 그 속에서 살아가는 게 현대인들이다 보니, 자의든 타의든 유행에 민감할 수밖에 없다.

그런데 문제는 그러다 보니 자기다움이 없어졌다는 것이다. 모두가 똑같은 모습을 하거나 달라도 크게 다르지 않다. 같은 옷 내지는 비슷한 옷도 그러하고, 양악수술 등 성형수술을 하는 것까지도 비슷비슷하니, 도무지 어느 것이 진짜이고 가짜인지 분간이 안 될 정도다.

이렇게 된 데에는 매스미디어의 영향이 절대적이다. 텔레비전에서는 앞다퉈 성형을 부추기고, 이에 질세라 온갖 잡지도 덩달아 부추기니 심지가 굳지 않는 사람들에겐 달콤한 유혹이 되기에 충분하다.

이는 직업을 선택하는 데도 마찬가지다. 각자의 적성이나 개성은 고려하지 않고, 사회적인 분위기에 편승되거나 남이 하니까 나도 한다는 식이다. 그러다 보니 자신만의 좋은 재능을 쓸모없는 것으로 만들어버린다. 이런 몰개성적인 삶은 자칫 더 나은 결과를 얻을 수 있는 것도 막아버린다. 그것을 조심해야 한다. 이런 상황을 두고 괴테는 말했다.

"자신의 개성을 숨기거나 삐뚤어진 시선으로 살아가는 이는 진정한 자신의 인생을 사는 것이 아니다."

여기서 삐뚤어진 시선이란 사회적인 분위기에 편승하거나 남이 하니까 나도 한다는 식으로 자신만의 좋은 재능을 외면하는 것을 의미한다. 자신의 능력을 헌신짝처럼 여겨서는 안 된다. 일단 자신이 무엇을 잘하는지를 진지하게 살펴보아야 한다. 그래야 자신의 능력을 방치하지 않을 수 있다. 미국의 강연가 돈 에직은 저서 《반짝반짝 빛나는 인생》에서 이렇게 말했다.

'시간을 내어 자신이 어떤 사람인지, 장점은 무엇인지 정리해보라. 자신을 아는 만큼 믿을 수 있다.'

자신의 장점을 안다는 것, 자기다움이 과연 무엇인지 안다는 것은 매우 중요하다. 자기다움이 자신을 성장시키기 때문이다. 자신이 잘되기를 바란다면 자기다움으로 승부를 걸어라. 자기다움에 그 사람의 성패가 결정되는 것이다.

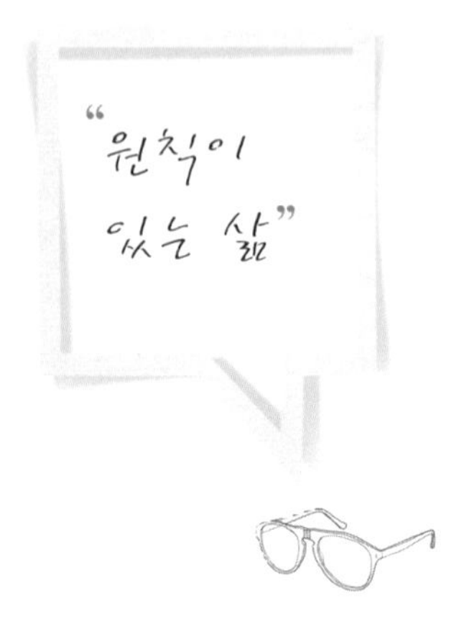

유유히 흐르는 강물을 본 적이 있다. 저녁놀이 지던 강변이었는데, 마치 공중에서 금가루를 흩뿌린 듯 수면이 온통 반짝이며 빛났다. 그 위를 날던 새들도 신이 나서 군무(群舞)를 펼치며 어우러졌다. 어찌나 멋지고 황홀하던지 한동안 정신을 차릴 수 없었다. 지금도 그 모습을 잊을 수가 없다.

강물이 아름다운 것은 자연의 법칙, 즉 자연이 품고 있는 원칙에 순응하기 때문이다. 자신의 인생을 값지고 멋있게 살고 싶다면 원칙이 있는 삶을 살아야 한다. 원칙을 무시하면 아무리 뛰어난 능력과 막대한 부를 가지고 있다 해도 자신이 원하는 것을 결코 얻지 못한다.

'말한 것은 반드시 행동으로 옮긴다. 이것은 군자의 원칙이다. 단 한 차례라도 이를 어기면 군자로서의 신뢰는 사라진다. 그렇기에 군자는 한마디의 말이라도 소홀히 내뱉지 않으며, 무책임하고 경솔하게 일

을 떠맡지 않는다.'

이는《논어》에 나오는 말이다. 이를 어찌 군자만이 지키는 원칙이라고 할 수 있을까. 자기 말에 책임을 지는 것은 누구에게나 해당되는 원칙이다.

지혜의 대명사인 제갈공명을 보자. 그는 원칙을 엄격히 잘 지키는 사람으로도 정평이 나 있다. 다음은 그가 왜 뛰어난 인물인지를 알게 해주는 이야기다.

위나라와의 전쟁이 한창일 때 일이다. 선봉장을 맡은 마속이라는 젊은 장수가 있었다. 그런데 마속은 제갈공명이 세운 전략을 무시하고 자기 멋대로 전쟁을 하는 바람에 크게 패하고 말았다. 제갈공명은 마속이 괘씸하기 짝이 없었다. 군사인 자신의 명령을 어겼다니, 항명을 그냥 넘어갈 수는 없었다.

"너는 어쩌자고 내 명령을 어긴 것이냐?"

제갈공명은 낮고 준엄한 목소리로 물었다.

"죄송하옵니다. 저의 무례를 용서치 마시옵소서."

마속은 납작 엎드려 대죄를 청했다. 전쟁에서 패한 장수는 유구무언이다. 오직 윗사람의 처분만 기다릴 뿐이다.

"네 죄를 분명 네가 알렸다!"

제갈공명은 다시 한 번 물었다.

"네. 그러하옵니다."

마속은 고개를 숙인 채 말했다.

"좋다. 내가 어떤 형벌을 내리더라도 나를 원망하지 말라."

"네, 군사어른."

마속은 끝까지 자신의 잘못을 시인하였다. 제갈공명은 자신이 너무도 아끼는 참모였지만, 일벌백계(一罰百戒) 차원에서 그를 참하라는 명령을 내렸다.

"저 죄인을 참하라!"

제갈공명의 명령이 떨어지기 무섭게 마속의 목이 날아갔다. 마속의 죽음 앞에 마음이 쓰리고 아팠지만, 공명정대한 군율을 위해 마속의 목을 베고 만 것이다.

제갈공명은 그 누구라도 잘못을 하면 엄한 벌을 받는다는 사실을 널리 알림으로써 실수를 줄이고 끝까지 최선을 다하는 마음을 심어주고자 함이었다. 이를 잘 아는 장졸들은 제갈공명의 추상같은 엄격함에 스스로를 게을리하는 일이 없었고, 자기가 맡은 일에 책임을 다하는 자세를 갖추었다.

그러던 어느 날 촉나라 핵심인물 중 한 사람이 제갈공명에게 물었다.

"지금 전쟁으로 온 나라가 어수선한데 어찌 그렇게도 아끼던 마속을 참하셨는지요?"

"손무가 위세를 떨칠 수 있는 것은 군법을 엄격하게 지켰기 때문이오. 지금 우리의 사정 또한 그와 다르지 않소. 그러니 어찌 잘못을 보고 넘어갈 수 있겠소. 군법을 어기는 일은 반역과 같소. 앞으로도 이런 일엔 더욱 엄격하게 할 것이오."

제갈공명의 목소리는 너무도 확고했다.

제갈공명의 원칙과 믿음이 우리에게도 필요하다. 원칙과 믿음을 잘 지키면 매사에 허점이 없는 법이다. 하지만 원칙과 믿음을 어기면 매사 허점투성이가 된다.

지금 우리 사회는 원칙을 지키지 않는 사람들로 들썩이고 있다. 앞장서서 법을 지켜야 할 정치인들과 관료들이 원칙을 무시하고 그 대가로 줄줄이 철창신세를 지고 있다. 이렇듯 원칙을 깨고 믿음을 깨는 일은 인간관계를 포기하는 일이다.

원칙을 고수하는지의 여부가 그 사람의 얼굴이 된다. 누구와 만나더라도 자신의 원칙을 지켜 행하라.

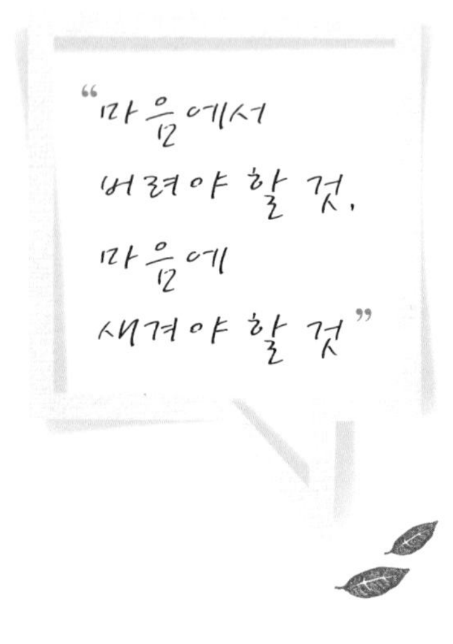

사람들에겐 버려야 할 것들이 있는데 탐욕, 시기, 중상모략, 나태함, 두려움, 남을 탓하는 마음, 부정적인 마음, 지금 할 일을 매번 미루는 습관, 약속을 지키지 않는 습관 등이다.

버려야 할 것을 버리지 않는다면, 그것은 마치 불필요한 지방덩어리를 몸속에 품고 있는 것과 같다. 몸에 필요한 지방을 제외한 지방덩어리들은 몸 밖으로 내보내야 건강한 것처럼 마음에서 버려야 할 것들은 모두 내쳐야 한다. 그리고 그 마음에 겸손함과 평온함과 너그러움, 인자함으로 채워야 한다. 이에 대한 말을 보기로 하자.

'마음은 겸손하고 허탈하게 가져야 한다. 마음이 겸손하고 허탈하면 곧 의리라는 것이 들어와 자리를 잡는다. 마음속에 의리라는 것이 자리 잡게 되면 그 마음속에 허욕이라는 것이 들어가지 않는다.'

이는 《채근담》에 나오는 말이다. 《채근담》에 나오는 또 다른 말을 보자.

'마음이 인자하고 너그러운 사람은 항상 길하고 경사스런 일이 많다. 왜냐하면 모든 일도 그 마음과 같이 너그럽고 순탄하게 되기 때문이다. 마음이 모질고 좁은 사람은 항상 불길하고 불쾌한 일이 많다. 왜냐하면 모든 일이 그 마음처럼 불길하고 순탄치 않기 때문이다.'

마음에서 버려야 할 것은 버리고, 마음에 새겨야 할 것은 새겨야 한다. 그래야 마음이 맑고 삶이 건강해진다.

"시련의 고통을
이겨낸 자의 환희"

뜨거운 여름을 이겨낸 들판은 풍요롭다. 뜨거운 햇살이 곡식과 열매를 익게 하고, 맑은 공기와 바람과 비는 메마른 땅에 풋풋한 생명을 불어넣는다. 햇살이 뜨겁다고 피한다면 곡식도 열매도 그 무엇도 맺지 못한다. 참고 견디고 이겨냈기에 가을 들판은 금빛 물결로 출렁이며 환희에 들떠 저리도 찬란하다. 찬란히 빛나는 것은 무엇이든 고통을 딛고 이뤄낸 결과다. 아무리 재능이 뛰어나고, 넉넉하게 소유했다 하더라도 그것만으로는 찬란히 빛나는 결실을 맺을 수 없다. 그것은 단지 남보다 좋은 조건을 가진 것일 뿐, 그것 자체가 결과를 이루게 하는 것은 아니다.

자메이카의 육상영웅 우사인 볼트는 러시아 세계육상선수권 대회에서 100미터, 200미터, 400미터 계주에서 우승하며 세계육상선수권 대회 사상 첫 3관왕을 차지했다. 또 200미터 부분에서는 3연패를 기록

하였으며, 미국의 육상황제 칼 루이스가 받은 여덟 개의 금메달(누적)과 타이를 이루는 금자탑을 쌓았다. 볼트는 나이가 어려 앞으로 그가 어떻게 하느냐에 따라 얼마든지 더 많은 메달을 획득할 수 있다.

그는 큰 키에 단단한 골격을 가진 타고난 신체적 조건과 뛰어난 재능을 가진 인물로, 그야말로 육상을 위해 태어난 선수다. 그런데 그의 훌륭한 점은 뛰어난 재능과 조건을 가졌음에도 자만하지 않고 연습의 고통을 이겨내며 최선의 노력을 다한다는 것이다. 그가 환희의 기쁨을 누리며 세계인들에게 감동을 주는 이유는 바로 최선을 다하는 그의 자세에 있다.

"성공의 비결은, 고통이나 즐거움이 당신을 이용하게 하지 않고 당신 자신이 고통이나 즐거움을 이용하는 법을 배우는 것이다. 만약 그렇게 하면 당신의 삶은 통제되고, 만약 그렇게 하지 못하면 삶이 당신을 통제하게 된다."

미국의 강연가 앤서니 라빈스의 말이다. 여기서 고통을 이용하는 법이란 바로 고통을 즐거운 마음으로 감내하는 것을 뜻한다.

그 어떤 것도 저절로 되는 일은 없다. 고통을 이겨낸 자만이 환희의 순간을 누릴 수 있는 것이다.

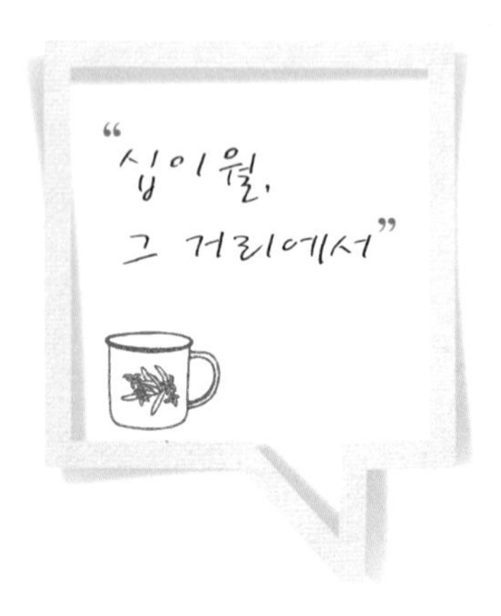

한 해를 지내오는 동안 함께 웃고 울고 공감하고 행복했던 사람들이 있어 참 감사하다. 날마다 눈뜨면 바라볼 수 있는 맑은 하늘과 하고 싶은 일을 할 수 있어서 마음은 풍요로웠다.

내 발걸음이 가끔씩 휘청거릴 때마다 어쩌지 못하는 일로 마음 졸일 때마다 삶은 늘 일정한 거리에서 나를 지켜주었다. 산다는 것은, 살아간다는 것은 고맙고 감사한 일임을 십이월, 거리를 걸어가며 다시금 깨닫는다.

옷을 벗은 나무들이 성자처럼 거룩하다. 그 아래에 서서 고요히 머리 숙여 기원한다. 살아 있는 모든 것이여, 존재하는 것들의 이름이여, 모두 다 행복하기를 그리고 무궁하기를…….

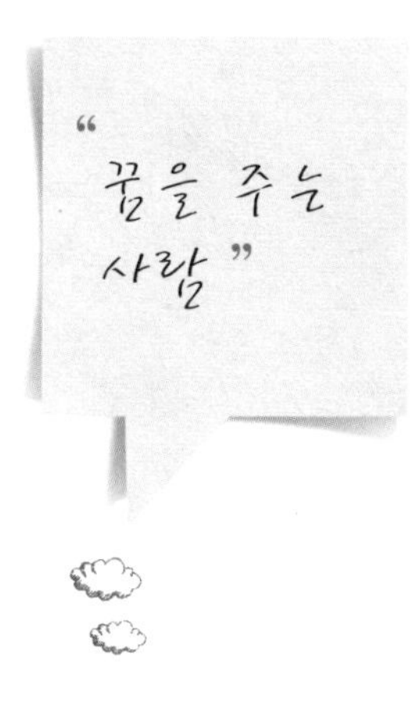

내 꿈은 꿈을 주는 사람이다. 어둠을 몰아내고 깊이 잠든 대지를 깨우며 온 누리를 밝게 비추는 아침 햇살처럼 부정적인 생각으로 가득 찬 이들의 거친 마음을 꿈으로 가득 넘치는 긍정의 마음이 되게 하여 인간의 소중한 가치를 위해 살고 나누는 자들이 되게 하고 싶다.

꿈은 꿈을 가진 자의 친구이며, 이상이다. 꿈을 이룬다는 것은 그 사람의 인생에서 최고의 가치다. 지금 누리는 문명의 이기와 안락함은 과거에 꿈을 가진 이들이 이뤄낸 꿈의 결실이다. 꿈을 이루기 위해 그들이 흘린 땀과 눈물은 때때로 그들을 시련에 들게 하고 한숨짓게 했지만 그들은 어느 한순간도 결코 포기하지 않았다. 꿈을 포기한다는 것은 모든 것을 포기하는 일이라는 걸 알았으므로 끝까지 이겨냈다. 꿈은 고통의 바다를 건너게 하고, 시련의 능선도 넘게 하고, 인간의 능력으로는 할 수 없는 것까지도 이루게 하는 긍정의 빛과 소금이다.

한때 노숙자에서 뛰어난 자기계발 전문가가 된 브라이언 트레이시는 다음과 같이 말했다.

"성공한 사람은 누구나 큰 꿈을 가진 이들이다. 그들은 자신의 미래 모습을, 모든 측면의 이상적인 목표를 상상한다. 그리고 멀리 보이는 비전과 목표와 목적을 향해 날마다 노력한다."

그렇다. 꿈을 이루기 위해서는 모든 측면에서 상상하고 그에 맞게 시도해야 한다.

꿈이 있는 사람은 아름답다. 꿈을 꾸는 사람은 미래를 사는 것이다. 꿈을 꾼다는 것은 영원을 사는 것이다.

"꿈을 이룬다는 것은
그 사람의
인생에서
최고의 가치다."

"새벽이 나에게 주는 의미"

새벽이 오면 나는 엄숙해진다. 그 고요한 경건 앞에 무릎을 꿇지 않을 수가 없다. 새벽이 오면 투명해지는 나의 시간 앞에 하루 종일 쌓였던 먼지 찌꺼기 같은 내 모순과 실수를 내려놓고 두 손을 가슴에 얹고 눈을 감는다. 오늘 하루 밥을 축내지는 않았는지, 사랑하는 사람들의 마음에 상처는 주지 않았는지, 나의 오만과 무지로 비웃음은 사지 않았는지, 거듭 돌이켜 뚫어져라 내 마음을 응시한다.

새벽이 오면 하염없이 좋다. 내 속의 나와 만날 수 있는 가장 투명한 시간, 나는 이 고요한 시간을 한없이 사랑한다.

새벽은 나의 연인이며, 철학이며, 사상이다. 나의 존재를 가장 확실하게 느낄 수 있는 미명의 새벽이 그냥 좋고 좋다. 깊이 잠든 어둠을 뚫고 기차가 덜컹거리며 지나간다. 나의 귀를 청명하게 해주는 저 기차의 덜컹거림……. 나는 사랑하는 사람처럼 새벽이 참 좋다.

포장마차를 하는 부부가 있다. 남편과 아내는 서로를 너무도 아끼고 사랑한다. 그 부부는 덥든 비가 오든 눈이 오든 바람이 불든 언제나 함께하며 포장마차를 끌어나간다. 한 번도 서로 떨어지는 법이 없다. 남편이 아프면 아내가 곁에서 남편을 보살펴주고, 아내가 아프면 남편이 곁에서 위로해준다. 이러니 서로가 떨어질 일이 없다. 그들 부부는 두 시곗바늘처럼 늘 공존하며 행복한 삶을 살고 있다.

진실한 사랑이란 서로가 서로의 삶에 거울이 되어주는 것이다. 한쪽이 부족하면 다른 한쪽이 채워주고, 한쪽이 흔들리면 다른 한쪽이 붙잡아주라. 그러면 어떤 상황에 놓이더라도 능히 이기고 나아갈 수 있다.

"사랑이 필요한 사람은 완전한 인간이 아니다. 불완전한 인간이야말로 사랑이 필요하다."

이는 아일랜드의 작가 오스카 와일드가 한 말이다. 그렇다. 사람은 불완전한 존재다. 역사상 아무리 뛰어난 인물들일지라도 그 모두가 부족한 존재였다. 그들은 자신의 부족함을 잘 알았기에 그것을 극복하기 위해 최선을 다했고, 그 결과 자신의 이름을 남길 수 있었다.

사랑 또한 마찬가지다. 사람은 불완전하기 때문에 사랑하는 것이다. 서로의 부족함을 채워주는 데는 사랑처럼 좋은 약은 없다. 후회 없는 인생으로 살기를 원한다면 사랑을 하라. 나의 모든 것을 아낌없이 줄 수 있는, 그래서 서로에게 깊이 몰입하는 참 행복한 그대가 되라.

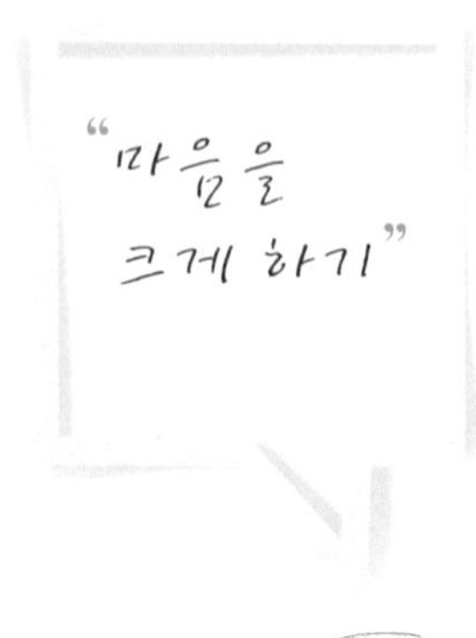

마음 씀씀이를 보면 그 사람이 어떤 사람인지를 알 수 있다. 허우대는 멀쩡한데 마음 씀씀이가 좁쌀처럼 작다면 그 사람은 좋은 이미지를 줄 수 없다. 그런 사람과 친분을 맺으면 덕 될 게 없다고 믿는다. 그러나 마음 씀씀이가 크고 활달하면 좋은 이미지를 준다. 그래서 그 사람과 친분을 맺으면 덕 될 일이 많다고 믿는다.

마음 씀씀이는 그 사람의 모든 것을 판단할 만큼 중요하다. 마음이 크고 작은 것은 천성적인 요인이 크다. 하지만 자신의 노력으로 얼마든지 크게 할 수 있다. 그래서 옛 성현들은 마음을 닦는 일에 온 힘을 기울였다.

마음을 닦는 이유는 마음을 바르게 하고, 어떤 상황에서도 흔들림 없이 담대하게 나아가기 위함이며, 인격을 쌓음으로써 덕 있는 사람이 되기 위함이다. 그래서 마음이 크고 넓은 사람은 작은 일에 쉽게 분개

하지 않으며, 극한 상황에서도 흔들림이 없으며, 쉽게 미혹하지 않으며, 상대의 잘못에 관대하고 너그러우며, 소소한 일에 마음을 두지 않으며, 탐욕에 마음을 빼앗기지 않으며, 남을 험담하거나 비평하지 않으며, 이리저리 휩쓸리지 않으며, 남이 잘됨을 시기하지 않는다.

다음은 《논어》에 나오는 말이다.

'큰돈을 벌었다는 이야기에 판단력과 냉정함을 잃지 않는 것, 극복해야 할 난국에는 목숨을 걸고 맞설 각오를 하는 것, 오래전에 나눈 약속일지라도 잊지 않고 반드시 지키는 것, 이 세 가지를 행할 수 있다면 마음의 성장은 완성된 것이라고 할 수 있다.'

《논어》가 말하는 마음의 성장이란 마음을 크게 기르는 것을 의미하는데, 마음을 성장시키는 일이 그만큼 중요하다는 것을 알 수 있다. 마음을 크게 하기 위해서는 늘 기도하며 마음을 다스리고, 좋은 글을 열심히 읽어 마음에 새기고, 남을 돕는 일에 힘써 어려운 사정을 살피는 마음을 기르고, 사리분별력을 길러 옳고 그름을 판단하는 능력을 키워야 한다. 마음을 크게 키우는 만큼 삶은 풍요로워지는 것이다.

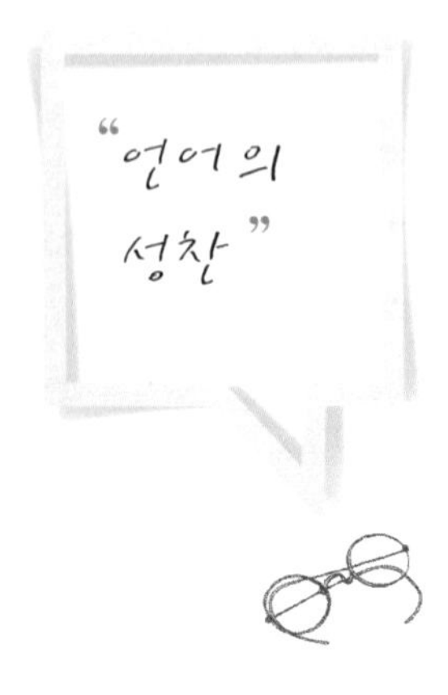

인터넷문화의 정보화 시대인 지금, 세상은 하루가 다르게 급변하고 있다. 오늘도 지나면 단지 과거일 뿐이다. 편지도 이메일로 주고받고, 각종 생필품도 인터넷으로 사고팔고, 은행 업무도 인터넷으로 하고, 세금도 인터넷으로 낸다. 우리가 살아가는 데 필요한 모든 것이 인터넷으로 이루어지고 있는 것이다. 어디 그뿐인가? 세계 곳곳의 모든 정보와 소식도 실시간 인터넷으로 살펴볼 수 있다. 이런 인터넷문화는 우리 삶의 형태를 완전히 바꾸어놓았다.

혁명! 그렇다. 이는 분명 혁명이다. 우리는 참으로 놀라운 세상에서 살고 있는 것이다. 그런데 혁명적인 인터넷문화에 독버섯 같은 악의가 곳곳에 도사리고 있어 사회에 물의를 일으킨다. 성숙하지 못한 네티즌들로 인해 갖가지 악의가 자행되고 있다. 상대가 보이지 않는다고 해서 함부로 말을 하고 원색적인 인신공격을 퍼붓는다. 또한 자신의 이익을 위해 많은 사람을 상대로 사기 행각을 벌이고, 음란물을 뿌리고, 매음을 하는 등 온갖 불법을 자행한다.

이 중 무엇보다 심각한 것은 언어의 남용에 있다. 상대방을 아무런 죄의식 없이 공격하고 댓글을 달아 인격을 파괴하여 상대방을 죽음에 이르게 하는 등 악행을 비일비재로 일삼고 있다. 이는 언어의 테러다.

언어는 의사 전달의 수단이다. 한마디 말과 하나의 글자가 백만 대군을 순식간에 살리기도, 죽이기도 한다. 핵폭탄보다도 무서운 게 언어다. 하지만 좋은 말과 글은 그 어떤 것보다도 큰 힘을 발휘한다. 시련에 빠진 사람들에게 희망을 주고, 분열된 마음을 하나로 끌어모으는 강력한 힘을 가지고 있다. 언어의 발생으로 인해 문명사회가 이루어졌고, 역사는 언어로 기록되었고 영원히 이어질 것이다.

언어는 인류가 만든 가장 위대한 발명이며, 최고의 문명이며, 최상의 문화유산이다. 이처럼 고귀한 언어를 어찌 하찮은 쓰레기처럼 취급해 파벌을 조성하고, 남을 공격하고 비난하며, 상스럽고 유치찬란한 저속한 도구로 활용한단 말인가.

언어가 파괴되면 힘들게 쌓아올린 인류의 문명도 하루아침에 와르르 무너지고 말 것이다. 인류가 더 이상 존재하지 않는 황폐한 땅덩어리의 쓸쓸한 모습으로 남게 될지도 모른다.

가장 아름다운 말로 상대방에게 희망을 주고, 가장 멋진 말로 사랑을 고백하고, 가장 빛나는 말로 상대방을 칭찬하라. 가장 믿음직한 말로 용기를 주고, 가장 숭고한 말로 상대방을 신뢰하라. 그렇게 하면 역사도, 문화도, 사랑도, 그대도, 그 모든 것이 다 새롭게 변화할 것이다. 이것이 언어가 가진 매력이며 위대한 힘이다.

지금 당장 시작하라. 더 늦기 전에 당신이 사랑하는 이들에게 언어의 성찬(聖餐)을 베풀라.

"언어는 인류의
가장
위대한 발명이며,
최고의 문명이며,
최상의 문화유산이다."

"쉽게
사랑을 얻으려고
하지 말라"

사람들은 자신이 사랑하는 이의 사랑을 얻기 위해 많은 노력을 한다. 사랑하는 사람 역시 자신을 뜨겁게 사랑한다면 그처럼 행복한 것은 없다. 그러나 사랑하는 사람이 자기를 사랑하지 않을 때의 심정은 이루 말할 수 없이 고통스럽다. 자신이 사랑하는 사람의 마음을 얻지 못한다는 것은 절망 그 자체이기 때문이다.

그러다 보니 그런 사람들 중엔 자신의 사랑을 차지하기 위해 많은 노력을 한다. 어떤 이는 우연을 가장하여 사랑하는 사람과의 만남을 지속적으로 끌고 나가며 마음을 사로잡으려 하고, 어떤 이는 사랑하는 이와 외딴섬으로 가 시간을 끌다 배를 놓쳐 계획적인 운명의 순간을 만들기도 한다. 그리고 또 어떤 이는 마당쇠 작전으로 무조건 사랑하는 이의 종처럼 굴며 환심을 사려 하고, 어떤 이는 값비싼 선물 공세를 하며 사랑하는 이의 마음을 사로잡으려 한다.

이처럼 사랑은 절대적인 노력이 있어야 하는 것이다. 쉽게 사랑을 얻으려고 하지 말라. 쉽게 얻는 사랑일수록 쉽게 깨지는 법이니까.

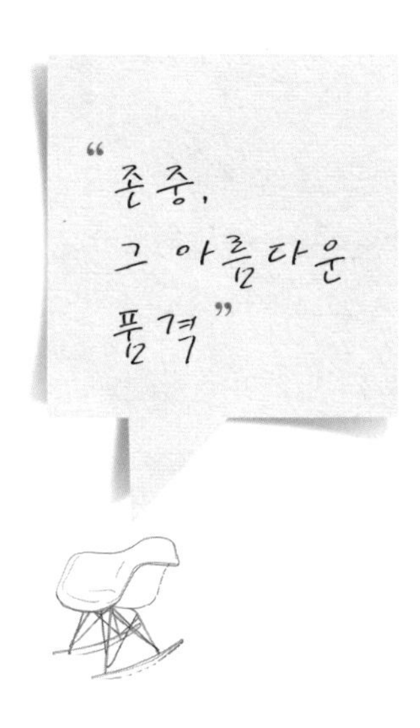

"사람은 누구나 존중해주면 쉽게 다가갈 수 있다. 즉, 어떤 능력에 대해서 존경심을 보여주면 당신의 말을 잘 듣게 될 것이다."

이는 존중의 중요성을 명료하게 드러낸 말이다. 상대와 친밀한 관계를 유지하고 싶다면 먼저 상대를 존중하는 자세가 필요하다. 누구나 자신을 존중해주는 사람에게 깊은 관심을 갖게 마련이다. 당연히 존경으로 이어지고, 이는 친밀한 인간관계를 유지하는 길이 된다.

상대를 존중하는 마음은 겸손한 마음에서 온다. 겸손한 마음은 자신을 낮추는 마음이며 상대를 높이는 마음이다. 그래서 겸손한 사람은 어디를 가든 누굴 만나든, 좋은 이미지를 심어준다.

다음의 두 이야기를 통해 상대를 존중하는 자세가 얼마나 중요한지를 살펴보자.

내가 문예창작 강의를 할 때의 일이다. 수강생들은 20대에서 60대까지 다양한 연령층이었다. 그럼에도 강의 시간은 언제나 유쾌했고 수강생들 사이에도 소통이 잘되었다. 나는 매시간 순서를 정해 자신이 읽어온 작품이나 습작한 작품을 발표하게 했다. 그런데 어느 날 40대의 한 수강생이 자신의 순서가 아닌데도 습작품을 제출하였다.

"L씨는 다음 주에 발표하도록 하세요."

이렇게 말하며 나는 그녀의 작품을 돌려주었다. 내 말에 그녀의 표정이 약간 굳어지는 듯했다. 그날 이후 수료하는 날까지 2년 동안 두 번 다시는 그녀를 볼 수 없었다.

그때 나는 나의 신중치 못한 말을 깊이 반성하였다. 물론 내가 그렇게 말할 수밖에 없었던 것엔 그만한 이유가 있었다. 발표자가 세 명으로 고정되어 있어 원칙을 지키기 위해서였다. 하지만 내 방법이 틀렸던 것이다.

"원칙은 매주 세 명이 발표해야 하지만 이번엔 특별히 발표 시간을 드리지요. 다음부터는 원칙을 지켜주십시오."

이렇게 말했어야 마땅했다. 내가 좀 더 존중의 마음을 표했다면 그녀가 자존심을 상해 그만두는 일은 없었을 것이다.

또 다른 이야기다.

내가 사는 아파트 입구에 미용실이 새로 오픈하였다. 나는 50미터도 채 안 되는 가까운 거리에 미용실이 생겼다는 것에 귀가 솔깃하였다. 그동안 머리칼을 깎기 위해선 인근 동네 혹은 시내로 나가야 했기 때문이다.

미용실이 생기고 나서 며칠 후 나는 머리칼을 깎으러 미용실로 갔다. 미용실 문을 열고 들어가자 30대 중반의 뚱뚱한 여자가 앉아 있었다.

"지금 머리 할 수 있습니까?"

"네. 이쪽으로 앉으세요."

여자는 내 말에 무표정한 얼굴로 말했다. 대개는 "어서 오세요" 하고 손님을 맞는 것이 상식이다. 그런데 미용실 여자는 인사성이 없었다. 나는 자리에 앉으면서 '참 생긴 것만큼 무뚝뚝한 여자구나' 하고 생각했다. 그리고 이어 '머리칼을 맘에 들게 못 깎으면 어떡하지?' 하는 생각이 들며 은근히 걱정이 되었다. 나는 썩 내키지 않았지만, 어차피 깎을 머리칼이니 깎아보기로 했다.

"어떻게 깎을까요?"

여자는 나를 흘끗 내려다보면서 말했다. 나는 내 헤어스타일에 대해 말해주었다. 여자는 이내 머리칼을 깎기 시작했다. 그런데 뒷머리 쪽을 깎을 때 내가 한 말을 잊고 자기 멋대로 깎는 게 아닌가.

"저기, 잠깐만요."

"왜요?"

갑작스런 내 말에 여자는 조금은 당황한 것 같았다.

"내가 얘기한 것과 다르잖아요."

"아닌데요. 말씀하신 대로 깎는 건데요?"

여자는 당연하다는 식으로 말했다.

'어라, 이 여자 봐라.'

순간 나는 화가 치밀어올랐지만 자제하며, 더 이상 그렇게 깎지 말고 지금 상태에서 잘 어울리게 다듬어달라고 했다. 그러자 여자는 못마땅하다는 표정으로 다시 머리칼을 깎기 시작했다. 머리칼을 깎고 나서 보니 맘에 들지 않았지만, 돈을 지불하고 나왔다. 역시 여자는 인사가 없었다. 집으로 돌아온 나는 거울부터 보았다. 맘엔 안 들었지만 머리 손질을 하고 그렇게 지나갔다.

그로부터 3주 후 머리를 다듬어야 하는데 망설여졌다. 먼저 번은 처음이니까 그럴 수 있겠구나, 했지만 두 번째는 달랐다. 그러자 고민이 되었다. 다른 데서 깎자니 동네를 벗어나야 하는데 미용실을 곁에 두고 그렇게까지 한다는 게 좀 그랬다. 이리저리 생각하던 나는 내가 좀 더 붙임성 있게 대해야겠다고 생각하고는 미용실로 갔다.

역시나 여자는 무표정한 얼굴로 고개만 까딱했다. 나는 머리 스타일에 대해 차근차근히 말했다. 여자는 고개를 끄덕이더니 머리칼을 깎기 시작했다. 나는 중간중간 짚어주었다. 여자는 별말 없이 내가 말하는 대로 따라주었다. 머리칼을 다 깎은 뒤 감고 나서 거울을 보니 이전보단 훨씬 나았다.

"맘에 들게 잘 깎았는데요?"

나는 웃으며 말했다.

"그러세요?"

여자는 짧게 말했지만 내 칭찬에 기분이 좋은 듯했다. 나는 집으로 오면서 생각했다.

'칭찬을 하자. 칭찬하는 대로 내게 돌아올 거야.'

내 생각은 적중했다. 이후 나는 조금만 마음에 들어도 엄지를 세워 보이며 "굿!" 하고 말했다. 그러자 그녀는 문까지 따라 나오며 인사를 하는 게 아닌가.

"안녕히 가세요."

나는 웃어주고는 집으로 돌아왔다. 역시 칭찬의 효과는 대단했다. 무뚝뚝하고 무표정한 여자가 칭찬 한마디에 친절하고 상냥한 여자가 되었다.

그 후 4년 가까이 그녀에게 계속 머리를 하고 있는데, 완전 VIP 대접을 받고 있다. 내가 그녀에게 칭찬을 하자 그녀의 태도가 180도 달라진 것이다. 칭찬하는 마음은 존중의 마음이다. 칭찬은 상대를 존중할 때 가능한 것이기 때문이다.

탁월한 자기계발 전문가인 데일 카네기는 말했다.

"대인관계의 명수들에겐 한 가지 공통점이 있다. 그들은 하나같이 상대방의 자존심을 세워줄 줄 안다는 것이다."

카네기의 말은 인간관계에서 상대의 자존심을 세워준다는 것이 얼마나 중요한 것인지를 잘 알게 해준다. 자존심을 세워준다는 것은 상대를 존중하는 것과 같다.

훌륭한 대통령의 대명사 에이브러햄 링컨은 자신의 구두를 직접 닦을 만큼 소탈하고 겸손했다. 그는 참모들에게도 먼저 인사를 하고 높여주었다.

포드의 창업주 헨리 포드는 직원들의 이름을 일일이 기억하고 불러주었다고 한다. 자신들을 가족처럼 대해주는 포드의 인격에 반한 직원들은 몸을 아끼지 않고 일했고 포드는 세계 최고의 자동차 회사가 되었다.

영국의 수상을 지낸 맥밀런은 만나는 사람마다 먼저 인사를 건네고 전차를 타고 다녔다. 그는 겸손하고 검소한 생활로 영국 국민의 존경을 한 몸에 받았다.

미국의 26대 대통령을 지낸 시어도어 루스벨트는 만나는 사람 누구에게나 친절하고 자상했다. 친근감 넘치고 인간성 좋은 대통령을 존경하지 않을 국민은 없었다.

데일 카네기가 말했듯 이들은 하나같이 상대방의 자존심을 세워줄 줄 알았던 것이다. 사람은 자신의 자존심을 세워주는 사람들에게 존경심을 갖는다. 자신의 자존심을 세워준 것을 자신을 존중한다고 여기기 때문이다.

미국의 시인이자 사상가인 랠프 에머슨은 이렇게 말했다.

"내가 만나는 모든 사람은 어떤 면에서는 나보다 우월하고 매력적이다. 그런 점에서 나는 그들로부터 배우는 것이다."

에머슨이 미국 국민들로부터 존경받았던 것은, 그의 말대로 자신이 만나는 사람들이 자신보다 우월하다고 여겨 존중하는 마음으로 대했기 때문이다.

존중은 아름다운 품격이다. 상대를 존중하는 사람이 그렇지 않은 사람보다 잘 살아간다. 존중함으로써 자신은 존경받기 때문이다. 존경을 받다 보면 늘 좋은 말과 긍정적인 말을 듣게 된다. 이런 말들은 생산적인 에너지를 품고 있어 매사가 잘되는 것이다.

지금 우리 사회는 서로 공격하고 비방하는 일에 익숙한 사람들로 연일 매스컴이 뜨겁다. 서로 존중할 줄 모르고 오직 비방하는 일에만 열심이다. 이런 상황에서 진정한 소통이란 없다. 우리 사회가 성숙한 사회가 되기 위해서는 서로를 존중하고 존경해야 한다. 그렇게 될 때 지금보다 나은 선진사회가 펼쳐질 것이다.

나는 한때 밥을 대수롭지 않게 여긴 적이 있다. 그땐 전업 작가로 활동하기 전이고 직장생활을 할 때였다. 매달 월말이 되면 통장으로 월급이 입금되었다. 비록 부자는 아니지만 보통 사람들처럼 외식도 하고 문화생활도 즐기고 철이 바뀔 때마다 가족 여행을 하곤 했다.

그러다 직장을 그만두고 전업 작가로 활동하면서 IMF 외환위기를 겪었다. 그때 우리 사회는 각 기업마다 구조조정이다 명퇴다 해서 직원들을 정리하였다. 하루아침에 실업자가 된 가장들로 인해 가정들은 매우 혼란스러웠다.

그 여파로 출판시장 역시 찬바람이 휘몰아쳤다. 글만 써서 살아야 하는 나 또한 경제적인 어려움을 파해갈 수 없었다. 경제적인 어려움을 겪고 나선 새삼 '밥'이 얼마나 소중한 존재인지를 뼈에 사무치게 느꼈다. 지금도 밥에게 미안할 때가 종종 있다.

한 톨의 쌀이 되기 위해서는 농부의 손길이 아흔아홉 번이나 간다고 한다. 그렇게나 정성들여 추수한 쌀이니 얼마나 소중한 것인가. 그런데 그처럼 귀한 쌀로 지은 밥을 "그까짓 밥!" 하며 우습게 여긴다는 것은 밥에 대한 모독이다. 밥을 두 세끼만 굶어보라. 등에서 식은땀이 나고 다리가 후들거리며 눈이 뱅뱅 도는 것을 경험할 것이다. 그런 경험을 해본 사람은 배고프다는 것이 얼마나 슬프고 서러운 일인지 잘 안다. 밥은 우리의 목숨을 지켜주는 생명의 원천이다.

나는 말한다. 밥은 종교보다 거룩하고 본능보다 우월하다고…….

밥의 고마움을 잊고 산다는 것은 인간의 오만이다. 누구나 밥 앞에 경거망동하지 말아야 한다. 밥 앞에 부끄러움이 없는 인생이 되어야 한다.

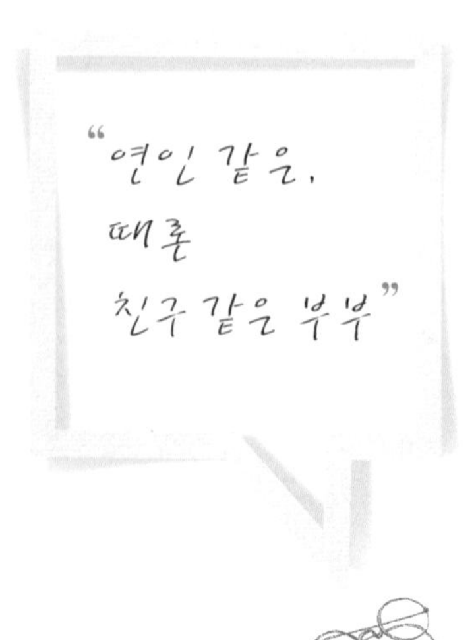

결혼을 '인륜지대사'라고 한다. 이는 결혼이 인간의 삶에서 매우 중대한 일이기 때문이다. 결혼을 하면 부모로부터 완전히 독립하여 자신만의 세대를 구성하고 물질적으로나 정신적으로 자신들만의 행복을 위해 살아야 한다. 그러기에 책임이 따르고 의무가 주어진다. 그런데 책임을 회피하고 의무를 소홀히 한다면 행복한 결혼생활은 물 건너가고 만다. 행복한 결혼생활을 하기 위해서는 많은 노력이 필요하다. 우리 시대에서 마지막 아버지 세대라고 일컫는 40, 50대 남편들은 과거 자신의 아버지처럼 살다가 이혼을 당하는 등 큰코다치는 일이 참 많다. 그런데 하물며 20, 30대 남편들이 윗세대인 40, 50대처럼 해보라. 이는 자살 행위다. 이제는 이전 세대와는 확 달라져야 한다. 그렇지 않으면 행복한 결혼생활은 언감생심, 꿈도 꾸지 말라. 물론 이는 남편에게만

국한된 게 아니다. 방법에서 차이가 있을 뿐 아내 역시 변해야 한다.

가장 이상적인 부부는 언제나 연인 같은, 때론 친구 같은 사이를 유지하는 것이다. 연애 시절엔 뭐든지 아름답고 좋아 보인다. 제 눈에 안경이라는 말처럼 다 예뻐 보이고 멋져 보인다. 눈썹 밑에 팥알만 한 검은 점도 매력적으로 보이고, 납작한 코도 클레오파트라의 코처럼 오뚝해 보이고, 뻐드렁니도 잘 여문 옥수수 알처럼 보인다. 어디 그뿐인가? 목소리는 꾀꼬리 소리처럼 들리고, 세상에서 둘도 없는 낭만적인 남자로 보인다. 그리고 웬만한 실수는 애교로 봐줄 만큼 속도 넉넉하다. 연애 시절엔 남녀 공히 뭐든지 이상적이고 긍정적으로 생각한다. 이처럼 연인 같은 부부는 연애 시절처럼 서로를 더 깊이 배려하고 더 간절히 사랑하는 마음을 갖는다.

친구 같은 부부는 어떠한가? 친구 사이는 우정으로 맺어졌기에 웬만해선 다 이해하고 아끼고 보듬어주려고 한다. 서로를 있는 그대로 봐주고 간섭하지 않고 격려해준다. 그래서 친구관계는 변함이 없고 늙어 꼬부라질 때까지 오래가는 것이다. 부부관계 역시 친구 같다면 서로를 더 챙겨주고 이해해주려고 할 것이다.

그런데 연인관계를 벗어나 결혼을 하면 남편은 남편대로 아내는 아내대로 서로가 주도권을 잡으려고 힘겨루기를 한다. 그러다 보면 갈등하게 되고 갈등의 골이 깊어지면 일어나지 않아야 하는 일까지 겪게 된다.

더 아름답고 행복한 결혼생활을 위해 몇 가지를 제시하니, 이를 실천해보았으면 한다.

첫째, 서로를 아낌없이 칭찬하라.

칭찬은 고래를 춤추게 한다. 무생물인 자동차도 칭찬을 하면 고장 없이 잘 굴러간다. 남편은 아내를, 아내는 남편을 칭찬하라. 칭찬할 게 적어도 좋다. 자주 칭찬하라. 칭찬을 하면 받는 사람뿐만 아니라 칭찬하는 사람도 기분이 좋아진다.

둘째, 남과 절대로 비교하지 말라.

사람은 누구나 남과 비교되는 것을 극도로 싫어한다. 자신의 남편을, 자신의 아내를 남보다 못하다고 서로가 비교해보라. 그 가정은 얼음장처럼 싸늘해지고 말 것이다. 자신의 눈에 차지 않는 일이 있어도 절대로 남과 비교하지 말라.

셋째, 하루에 한 번 이상은 반드시 애정 표현을 하라.

연애 시절엔 잠시도 안 보면 죽겠다고 연신 "아이 러브 유" 하며 코맹맹이 소리를 하다가도, 결혼하고 나면 느낄 것 다 느끼고 겪을 것 다 겪어 신비감이 떨어져 서로 무덤덤해진다. 그러다 보면 자신들도 모르는 사이에 소원해지고 그것이 습관화되면 소 닭 보듯 하게 되는 것이다. 애정 표현은, 이를테면 녹슬지 않는 사랑의 윤활유다.

넷째, 아무리 바빠도 하루 30분씩 둘만의 대화를 즐겨라.

순수하게 둘만의 대화를 30분 정도 갖는 부부는 극히 드물다고 한다. 기껏해야 집안 애기, 애들 애기 등의 일상적인 애기이다 보니 둘 사이에 보이지 않는 벽이 생긴다. 그리고 그 벽은 머지않아 만리장성처럼 변해 부부 사이가 천리만리 멀어지고 만다.

다섯째, 모든 재산은 공동명의로 하라.

결혼 후 모은 재산은 반드시 부부 공동명의로 하라. 그럴 때, 특히 아내는 자신이 인격적으로 동등한 대접을 받는다고 생각하고, 남편에게 더 잘 해줘야겠다는 마음을 갖게 될 것이다.

여섯째, 서로의 생일은 반드시 챙겨라.

남편의 생일을 잊는 아내는 거의 없다. 그러나 아내의 생일을 잊고 그냥 지나치는 남편은 의외로 많다. 아내는 큰일보다 작은 일에 감동하고 고마워한다. 그런 아내의 생일을 잊는다면 남편 자격을 박탈해야 한다. 고로, 아내에게 슬픔을 주는 미련한 남편은 절대 되지 말라.

일곱째, 서로가 서로를 구속하지 말라.

부부에게 가장 심각한 문제는 서로를 구속하려는 것이다. 사람은 누구나 구속되는 것을 싫어한다. 특히 부부 사이에서는 더욱 그러하다. 구속은 자유를 억압당한다는 강박관념을 심어주는 비인격적인 행위이므로, 남녀평등을 부르짖는 현대사회에서 가장 유념해야 할 문제다. 부부는 부부이기 전에 개개인의 인격권을 가진 사유하는 독립된 존재다. 그런데 자신의 인격을 무시당한다고 생각한다면, 요즘처럼 개성이 강하고 자기주장이 강한 남편과 아내는 그것을 참고 넘어가지 못한다.

그런 일이 반복되다 보면 부부 사이엔 시베리아 벌판 같은 싸늘한 냉기가 흐르고, 결국 "바이, 바이!"를 외치며 너는 너대로 나는 나대로의 길을 향해 가는 파국을 맞이할 것이다.

남편과 아내 사이가 수직관계에서 수평관계로 된 지금, 아직도 서푼짜리도 안 되는 권위를 내세우는 남편이 있다면 냉수 먹고 속 차려야 한다. 그리고 아내 또한 극단적인 페미니즘을 너무 광신한다면 차디찬 이별의 아침을 맞게 될지도 모른다.

"사람은 누구나 홀로 행복한 생활을 유지할 수 없다. 그래서 아무리 불안에 처해 있을지라도 마음의 평온과 안정을 찾을 수 있기 때문에 결혼을 하는 것이다."

이는 괴테의 말이다. 매우 의미 있는 얘기가 아닐 수 없다.

인생은 단 한 번뿐이다. 이 한 번뿐인 소중한 인생을 위해 부부로 맺어진 이상 최선을 다해 살아야 한다. 수많은 성공 중에도 가장 아름다운 성공은 부부가 건강하게 백수(白壽)를 누리며 그 먼 나라를 함께 가는 것이 아닐까 싶다.

"유쾌하게 소통하기"

유쾌한 직장생활을 하기 위해서는 직장 상사와 부하 직원, 동료 직원 간에 원활한 소통이 이루어져야 한다. 그러기 위해서는 오픈마인드를 갖는 것이 무엇보다 중요하다. 오픈마인드는 내가 먼저 마음을 열고 상대에게 다가가는 것을 말하는데, 이런 적극적인 자세가 원활한 소통을 가능케 한다.

직장인들은 가족보다 함께하는 시간이 더 많다. 그런데 껄끄러운 관계에 놓이면 서로가 불편하게 되어, 즐겁고 만족스러운 직장생활을 할 수 없다. 직장생활이 즐겁지 않으면 일의 능률은커녕 하루라도 빨리 직장을 벗어나고 싶은 마음에 사로잡힌다.

즐거운 직장생활을 하기 위해서는 친밀감 넘치는 동료애가 필요하다. 친밀감 넘치는 동료애를 갖기 위해서는 진정성 있게 소통해야 한다. 진정한 소통은 마음의 교감에서 시작된다.

진정성 있는 소통을 위해서는 어떻게 해야 할까?

첫째, 배려하는 마음을 보여라.

배려는 상대에 대한 따뜻한 이해에서 비롯되는데, 배려하는 마음을 보이면 상대방 또한 자신을 배려하는 사람에게 깊은 관심을 보이게 됨으로써 원만한 관계를 유지하게 된다.

둘째, 친절하게 행동하라.

친절한 행동은 상대를 기분 좋게 하고, 좋은 이미지를 심어준다. 친절한 행동은 사람과 사람 사이를 부드럽게 이어주는 가교다. 친절한 사람이 어딜 가든 환영을 받는다. 친절한 사람은 막힘이 없고 상대방을 기분 좋게 해주기 때문이다. 친절한 행동은 상대에게 자신을 깊이 각인시키는 가장 효과적인 소통법이다.

셋째, 절대 비평하지 말라.

사람에겐 동물적 심리(맹수적 본능)가 있어 자신이 비평받는다고 생각하면 곧바로 반격에 들어간다. 이에 대해 탁월한 자기계발 전문가 데일 카네기는 말했다.

"비평은 무익한 것이다. 그것은 사람을 방어하도록 만들고, 합리화하도록 만든다. 그래서 비평은 위험한 것이다. 왜냐하면 그것은 사람의 자존감을 상하게 하고, 감정을 해치고, 분개심을 일으키게 하기 때문이다."

카네기의 말에서 보듯 비평은 사람과 사람 사이를 단절시키는 치명적인 소통 불능의 상황을 가져오기에 그 어떤 비평도 절대 삼가야 한다.

넷째, 상대방을 지배하려 하지 말라.

정신분석학자 프로이트는 말했다.

"인간에겐 공통적인 소원이 있는데, 그것은 위대한 사람이 되려는 욕망이다."

또 철학자 존 듀이는 그것을 "사회적으로 중요한 인물이 되려는 욕망"이라고 했다. 이렇듯 인간은 누구나 자신을 중요한 존재라고 여긴다. 그런데 상대방을 지배하려고 한다면 그 관계에는 필시 문제가 생길 수밖에 없다. 이를 항상 경계하고 상대방을 높여주는 아량과 센스를 가져야 한다.

다섯째, 먼저 다가가라.

원활한 소통을 위해서는 상대방이 다가오기를 바라지 말고 내가 먼저 다가가야 한다. 먼저 다가가면 상대방은 자신이 상대로부터 관심을 받는다고 생각하기 때문이다.

사람은 누구나 인정받고 싶어 한다. 인간의 내면에는 본능적으로 자신의 능력을 자랑하고 싶어 하는 마음이 잠재되어 있기 때문이다. 그래서 누구나 자신이 관심을 받고 있다고 여기면, 자신 역시 상대에게 깊은 관심을 보이는 것이다.

여섯째, 인격적으로 대하라.

직장생활을 하다 보면 함부로 말하는 상사나 선배가 있다. 가령

"야, 이거 오늘 퇴근 시간 전까지 책임지고 마무리해! 알았어?"라고 말했다 치자.

그 말을 들은 직원은 벌레 씹은 기분이 된다. 겉으로는 말을 안 해도 속으로는 '사람 알기를 개떡으로 아는군. 어디 두고 보자!' 하고 이를 박박 갈아댈 것이다.

한마디 말엔 그 사람의 인격이 들어 있다. 함부로 말하는 것은 자신의 인격을 떨어뜨리고, 상대방의 마음을 불쾌하게 하는 치명적인 일이라는 걸 잊지 말아야 한다.

일곱째, 어려운 일을 내 일처럼 도와주어라.

직장생활을 하다 보면 뜻하지 않는 어려운 일에 봉착할 때가 있다. 이럴 때 동료가 도와주면 큰 힘이 된다. 그래서 자신을 도와준 동료를 매우 고맙게 여기게 되고, 자신을 도와준 동료가 어려운 일을 만날 땐 그 또한 자신의 일처럼 도와주게 된다.

이상 일곱 가지의 진정성 있는 소통 법칙을 잘 적용한다면, 누구나 소통의 귀재가 되어 즐거운 직장생활을 할 수 있을 것이다.

즐거운 직장 분위기에서는 동료의식이 강하다. 동료의식은 논리적으로나 이성적 잣대로 평가하기 힘든 묘한 것이다. 동료의식 속에는 말로 표현할 수 없는 끈끈한 그 무엇이 있다. 그 끈끈함이 직장 동료 사이에 친밀감을 갖게 하고 강한 동질감을 형성하여 어려운 일에도 발

벗고 나서서 도와주는 힘을 발휘한다.

즐거운 소통이 되도록 노력하라. 즐거운 소통은 모두를 유쾌하게 만들고 행복하게 함을 잊지 말라.

"친밀감 넘치는
동료애를
갖기 위해서는
진정성 있게
소통해야
한다."

문화는 정신적 빈곤을 채워주는 소울 푸드(Soul Food)다. 소울 푸드는 치열한 삶의 경쟁에서 오는 메마른 정서를 치유하는 매우 중요한 요소다. 이러한 소울 푸드를 마인드 뱅크(Mind Bank)에 축적하기 위해서는 다양한 문화를 즐기고 지식을 길러야 한다.

마인드 뱅크란 '마음의 은행'이라는 의미로, 정서적 충만함을 뜻한다. 정서적 충만함은 복잡한 현대사회를 살아가는 데 윤활유 같은 역할을 하기에 반드시 필요하다. 정서적 충만함을 기르기 위해서는 다양한 독서를 즐기고, 뮤지컬과 연극 그리고 음악과 영화를 즐기고, 그림 감상을 즐기고, 자신에게 맞는 취미생활을 즐겨야 한다.

이 밖에도 다양한 문화 프로그램이 있다. 부지런히 발품을 팔면 큰돈 들이지 않고 얼마든지 정서적 충만함을 누릴 수 있다.

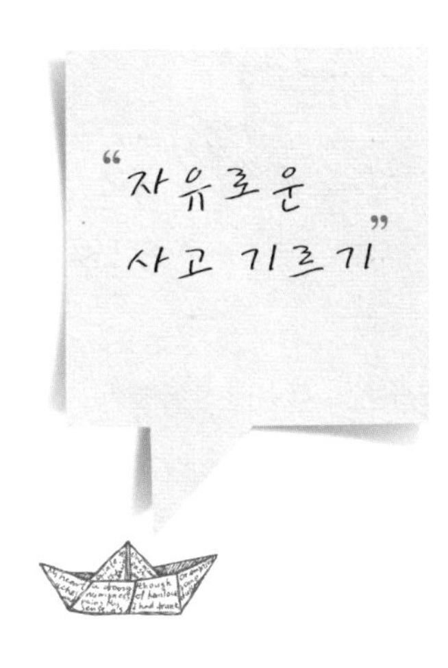

현대사회는 급변의 시대다. 문화, 예술, 경제, 사회적 제도 등 모든 것이 시시각각 변화한다. '찰나'라는 말이 무색할 만큼 놀라운 변화의 흐름 속에 우리는 살아가고 있다. 그 흐름 속에서 자신의 꿈을 이루기 위해서는 언제나 새롭게 변화할 준비를 해야 한다. 그렇지 않고서는 아무리 재능이 뛰어날지라도 꿈을 이루는 데 한계가 있다.

새롭게 변화하기 위해서는 자유로운 사고가 절대적이다. 생각이 자유롭지 못하면 새로운 생각을 하거나 새롭게 변화하는 데 걸림돌이 된다. 자유로운 사고를 기르기 위해서는 어떻게 해야 할까?

첫째, 새 술은 새 부대에 담아야 한다는 것을 절대적 진리로 믿고 실행해야 한다.

둘째, 지금이라는 현실에 안주하지 말아야 한다. 안주하는 순간 그대로 주저앉을 것이다.

셋째, 새로운 생각을 찾기 위해서는 다양한 분야의 책을 읽고, 정보를 수집하고, 새로운 생각을 가진 사람들의 말을 귀담아 새겨야 한다. 그리고 할 수만 있다면 그들과 교류해야 한다.

넷째, 상상의 세계를 즐겨야 한다. 상상의 세계는 비현실적이지만 지금 우리가 누리고 사는 문명의 혜택은 상상을 즐기는 사람들 덕분에 가능해졌다. 그들은 자유로운 사고로 상상의 세계를 즐겼고, 이를 통해 새로운 문명을 만들어낸 것이다.

자유로운 사고는 하고 싶은 대로 하는 무질서한 생각이 아니다. 자유로운 생각 속엔 싱싱한 변화의 에너지가 들어 있다. 싱싱한 변화의 에너지가 지금을 바꾸고 변화를 유도하고 세상을 바꾸는 것이다.

"불의에 오염되지 않기"

지금 우리 사회는 무언가 잘못되어가고 있는 게 확실하다. 치졸하고 더러운 자본주의가 낳은 기생충 같은 자들이 벌이는 일들이 사회 곳곳에서 벌어지고 있다. 이 아찔한 현실을 바로잡지 않는다면 '제2의 소돔과 고모라' 같은 참혹한 일을 겪게 될지도 모른다. 지금 지구 곳곳에서 일어나고 있는 천재지변은 징조가 아주 안 좋다. 서서히 그러나 아주 명확하게 진행되고 있다는 사실에 주목하지 않는다면 지구의 미래는 없다.

하나님께서 언제까지나 인간의 오만함을 봐줄 거라는 착각을 버려야 한다. 하나님의 인내심은 극에 달하고 있다는 사실을 잊어서는 안 된다. 불의한 일에 오염된 자들을 이 땅에서 말끔히 거둬낼지도 모르기 때문이다.

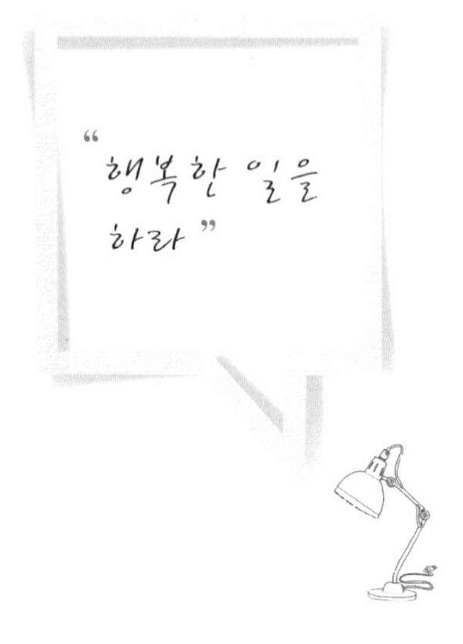

하고 싶은 일은 힘들어도 신 나고 즐겁다. 하고 싶은 일엔 열망의 에너지가 들어 있어 어떤 어려움이 따라와도 능히 해내게 된다.

그러나 하고 싶지 않은 일을 할 땐, 일을 하면서도 성에 안 차고, 즐거운 마음 대신 어쩔 수 없으니까 하는 마음으로 공연히 심통이 나기도 하고, 세상을 원망하게 된다.

내가 만일 작가가 되지 않았다면 인생이 참 재미없을 것 같다는 생각이 든다. 내가 대기업 사장이 되고, 정치가가 되고, 학자가 되고, 언론인이 되고, 방송인이 되었다고 치자. 나의 성격상, 또 삶의 가치를 판단하는 내 기준으로 본다면 별로 만족할 것 같지 않다.

하지만 작가로서 산다는 것은 전혀 그렇지 않다. 시, 소설, 동화, 동시, 에세이, 교양서, 자기계발, 처세서 등 다양한 분야의 글을 쓰다 보니 나 스스로 생각해도 내 인생에게 감사하다. 물론 내가 하는 노력에 비해 수입은 썩 만족스럽지 않다. 그러나 성취감이 주는 기쁨은 뿌듯하다. 이렇듯 돈이 줄 수 없는 기쁨은 나를 언제나 글쓰기로 빠져들게 한다.

만약 내가 돈만 보고 글을 쓴다면 진즉 그만두었을 것이다. 돈을 보고 하는 글쓰기는 너무 힘이 들기 때문이다. 그러나 만족을 위해 쓰는 글은 힘들어도 즐겁고 행복하다.

나는 작가가 된 것이 그 어떤 직업보다도, 많은 돈을 가진 것보다도 자랑스럽다. 나는 나를 사랑하고 존중한다.

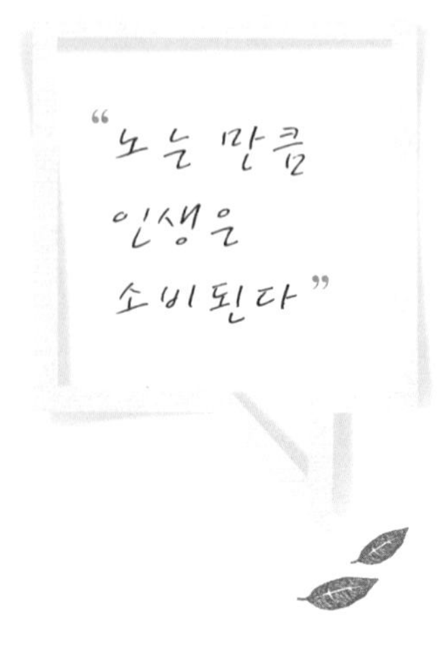

"일이 주는 압박은 정신에 대해서 대단히 고마운 것이다. 그 무거운 짐에서 벗어나면 그 마음은 한결 자유롭게 되며 생활을 즐기게 된다. 일은 하지 않고 빈둥거리며 지내는 인간만큼 불쌍한 것은 없다."

이는 괴테가 한 말이다. 괴테는 할 일을 두고 놀거나 일이 없어서 노는 것도 좋지 않다는 부정적인 시각을 갖고 있다. 할 일을 두고 노는 것은 나쁜 짓이다. 이는 게으르기 때문인데, 게으름은 가장 경계해야 할 생활의 적이다. 또 일이 없어 노는 것 또한 경계해야 한다. 자기가 원하는 일이 주어질 때를 기다리지 말고 비록 보수가 적거나 하찮은 일일지라도 안 하는 것보다는 하는 게 낫다. 밖에서 일을 하다 보면 많은 사람을 만나게 되고, 그러다 보면 생각지도 않게 아이디어를 얻기도 하고 기회가 찾아오기도 한다.

기회는 언제 올지 모른다. 분명한 것은 노는 사람에게는 기회 자체가 오지 않는다는 사실이다.

괴테는 시인이자 소설가이며, 정치가이며 화가였다. 또한 사상가이기도 했다. 그가 다양한 분야에서 두각을 나타낼 수 있었던 것은 뛰어난 재능도 있겠지만 그보다 더 결정적인 것은 노력 때문이었다. 그에게 일은 삶의 활력소이자 인생의 전부였다.

지금 놀고 있다면 당장 자리에서 일어나 무슨 일이든 시작하라. 노는 만큼 인생은 소비된다. 인생의 낙오자가 되길 원치 않는다면 쓸데없이 인생을 소비하지 말라.

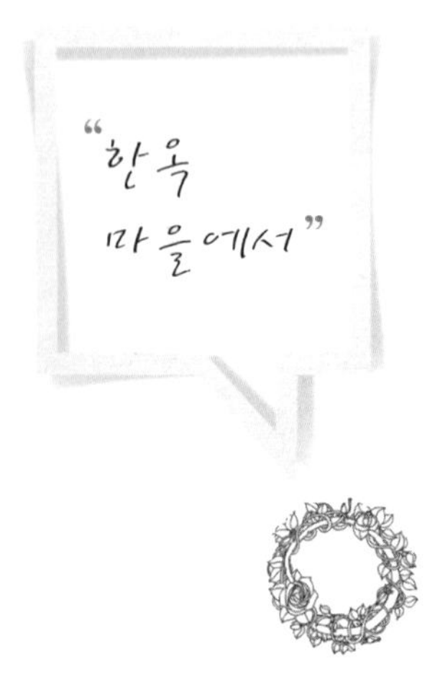

딸과 아들을 나란히 옆에 끼고 남산 한옥마을을 거니는데, 그 기분이 참 좋았다. 장성한 아이들이 내 곁에 있다는 사실만으로 뿌듯하고 행복했다. 이런저런 이야기를 나누다 아들로부터 우리나라는 왜 왕실을 보존하지 않느냐는 질문을 받았다. 나는 평소 우리나라의 역사성과 정통성을 지키기 위해서는 늦었지만 지금이라도 왕실을 재건하여 보전했으면 하는 생각을 갖고 있었다. 그런데 아들이 그것에 대해 질문을 한 것이다. 나는 내 생각을 말해주었다. 다음은 내가 말한 요지다.

나는 우리나라 역대 정부의 몰상식함과 우둔함에 대해 마음이 늘 불편했다. 우리나라는 세계 그 어느 나라보다도 뛰어난 역사성과 정통성을 지닌 문화국가다. 그런데 광복 후 대한민국이라는 새로운 국가로 탄생되면서 이런 역사성과 정통성에 금이 가기 시작했다. 이승만정부는 조선의 왕실을 배격하고 왕손들을 홀대하며 그 맥을 끊고 말았다.

반만년의 역사를 자랑하고 단일민족이라는 세계 유일의 혈통 국가임을 내세우지만 정작 우리의 역사성과 정통성은 멸시와 천대를 받으며 마치 쓰레기통에 버려진 쓰레기 꼴이 되고 말았다. 영국을 위시해서 스웨덴, 스페인, 모로코, 노르웨이 하다못해 왜구로 불리던 일본 또한 천황이라 하여 자신들의 정통성을 합리화하는 데 혈안이 되어 있질 않은가.

그런데 반만년의 역사를 자랑하며 역사성과 정통성을 중시한다는 우리나라는 어째서 왕실 하나 보존하지 못하고 왕실의 자손들을 홀대할 수 있단 말인가. 이것이 우리가 말하는 우수한 역사며 전통이라는 말인가. 이는 문화민족이 해서는 안 되는 그야말로 오랑캐들이나 할 수 있는 일들이다. 그러면서 어떻게 세계 속의 대한민국을 말할 수 있단 말인가.

지금부터라도 우리 정부는 머리를 조아려 지금까지의 몰이해와 몰인정에 대해 깊이 참회하고, 우리나라의 역사와 전통을 제대로 보존하기 위해서라도 왕실을 재건하고 왕실의 자손들을 규합하여 우리나라의 역사성과 정통성을 되살려야 한다. 이를 법률로 정하고 적법한 절차에 따라 왕을 모시고 우리나라의 상징으로 삼아야 한다.

뿌리가 깊은 나무는 바람에 쓰러지는 법이 없다. 왕은 우리나라의 역사성과 정통성을 이어가게 하는 뿌리 깊은 나무와 같다. 이에 대해 시대에 뒤떨어진 발상이라고 말하는 이들도 있을 것이다. 그러나 이는 시대에 뒤떨어진 낡은 발상이 아니다. 오히려 앞서가는 새로운 발상이다.

문화민족은 말로만 되는 것이 아니다. 역사성과 정통성에 따른 확고하고도 체계적인 제도를 확립함으로써 탄탄하게 유지될 수 있는 것이다.

입시 위주 교육에 시달리는 아이들이 광복절이 무슨 날인지, 6.25 한국전쟁이 왜 일어났는지, 개천절은 무엇을 기념하는 날인지를 모른다고 하니 기가 막힐 노릇이다. 이는 있을 수 없는 일이다. 그러나 다행히 20여 년 만에 한국사를 필수 과목으로 한다고 하니 얼어붙었던 마음이 조금은 녹는 듯하다.

한 가정의 가풍은 그 집안사람들이 만드는 것처럼 한 나라의 역사성과 정통성은 그 나라의 국민과 정부가 만드는 것이다. 하루속히 왕실을 재건하고 왕실을 보존하는 법률을 정해 실행에 옮겼으면 한다. 이것이야말로 우리나라가 세계 속에서 제대로 된 역사성과 정통성을 가진 나라라는 것을 보여주는 가장 명백하고도 확고한 일이 될 것이다.

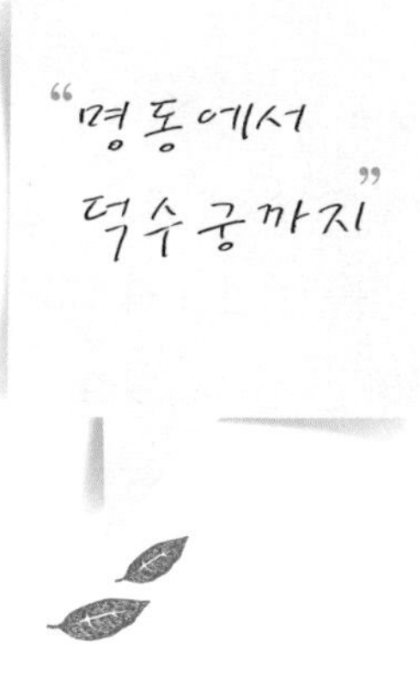

뜨거운 태양도 구름 뒤로 숨고 점심 먹은 것도 소화시킬 겸 명동에서 덕수궁까지 1.2킬로미터를 걸어서 갔다. 길을 걸으면서 걷는 즐거움을 느껴보리라 생각했던 마음은 횡단보도를 건너면서부터 무참히 깨지고 말았다. 사람들이 피워대는 담배 연기가 장난이 아니었기 때문이다. 생각해보라. 스무 명도 더 되는 사람들이 담배를 피워대는 모습을…….

유난히 담배 냄새를 싫어하는 내게는 여간 곤욕스러운 일이 아니다. 이곳만 지나가면 되겠지 하는 내 마음은 그 지역을 벗어나자마자 또 깨지고 말았다. 다음 건물 앞에서도 한 무리의 사람들이 담배를 피워대고 있었다. 명동에서 덕수궁까지 가는 길이 온통 담배 연기로 뒤덮여 걸어간 걸 후회했을 정도다.

어떻게 서울 한복판에서 이처럼 담배 연기 때문에 고통을 겪어야 하는지, 생각하니 불쾌한 마음을 넘어 분노가 치밀었다.

분명 '금연'이라는 푯말이 또렷이 붙어 있는데도 어떻게 담배를 피울 수 있을까? 이는 금연구역에서 담배를 피우는 사람들만의 문제가 아니다. 이를 단속해야 할 정부와 기관들의 문제이기도 하다. 금연구역으로 정했으면 금연법에 따라 엄정하게 과태료를 부과하고, 그래도 듣지 않을 때에는 형사처벌까지 감행해야 한다. 법을 만들고도 제대로 집행을 하지 않으니 그런 결과가 생기는 것이다.

물론 금연구역에서 담배를 피우는 사람들이 더 큰 문제다. 법 때문이 아니라 담배를 피우지 않는 다수의 사람을 위해서라도 공공장소나 길에서는 금연을 하는 게 도리다. 이런 기본적인 도리도 지키지 않는다면 어찌 민주시민이라고 할 수 있겠는가? 자신만 생각하는 편협한 마음을 버리고 타인을 생각하는 성숙한 시민의식을 갖는다면 스스로에게 부끄러워서라도 삼갈 것이다.

"잘된다고
말하면
정말 잘된다"

말이 씨가 된다고 한다. 씨는 자신과 똑같은 것을 맺게 하는 유전자를 담고 있다. 그래서 콩을 심으면 콩이 나고 팥을 심으면 팥이 난다. 생각해보면 이 말은 아주 무서운 말이 아닐 수 없다. 그러니 함부로 말하지 말라는 거다.

내가 아는 어떤 사람은 늘 긍정적인 말만 한다.

"잘될 거야. 그러니 열심히 해봐."

"난 네가 해낼 줄 알았어. 축하해."

"난 누가 뭐래도 반드시 성공할 수 있어."

그는 큰 부자는 아니지만 자기 분수에 맞게 잘 살고 있다.

그런데 어떤 사람은 하는 말마다 부정적이다. 무슨 일을 할 때면 늘 입으로 기분을 잡치게 만든다.

"거봐. 내가 뭐랬어? 하지 말랬잖아."

"나는 왠지 기분이 찜찜해."

"해보나 마나 뻔해. 잘 안 될 거야."

무슨 일을 시작하기도 전에 매사 이런 식이니, 하는 일마다 잘될 리가 없다. 그는 일곱 번 사업을 했지만 그의 말대로 다 망하고 말았다.

말에는 그 말을 하는 사람의 에너지가 들어 있다. 그래서 긍정적으로 말하면 긍정적인 에너지가 분출하여 잘 안 될 일도 잘된다. 반면, 부정적으로 말하면 부정적인 에너지가 분출하여 잘될 일도 안 된다.

"나는 잘될 수 있어. 분명히 잘해낼 거야."

이처럼 늘 잘될 수 있다고 말하라. 그러면 정말 잘될 것이다.

CHAPTER 05

마음의 근육을 키우는 라이프 워드

백 미터를 가든, 십 리 길을 가든, 백 리 길을 가든, 천 리 길을 가든, 만 리 길을 가든 한 걸음부터 시작한다.

목표를 향해 가기 위해서는 무리하지 말고 한 걸음 한 걸음 힘차게 걸어가라.

한 번에 두세 걸음씩 가다 보면 곧 지치고 힘이 들어 중도에서 포기하고 만다. 이는 영원 무변(無變)한 진리다.

인생의 소금

세상에서 가장
필요로 하는 것도 사람이며
가장 경계해야 할 대상도 사람이다.
나와 인생의 코드가 맞는 사람은
내 인생에 소금과 같은 존재다.
그대 또한 누군가에게
인생의 소금이 되라.

땀방울은 사람을 속이지 않는다

땀방울은 사람을 속이지 않는다.

땀방울의 양에 따라 일의 성과는 비례한다.

땀방울을 흘려라.

땀방울을 흘리며 책을 읽고

땀방울을 흘리며 공부를 하고

땀방울을 흘리며 일하고

땀방울을 흘리며 인생을 설계하라.

땀방울을 흘리는 만큼 삶은 풍요로워진다.

땀방울은 진주보다 아름답다.

인생에 연장전은 없다

사람들이 흔히 하는 착각은
지금 못하면 나중에 하면 되지,
라고 생각하는 것이다.
그러나 이를 인생이라는 관점에서 본다면
지극히 잘못된 생각이다.
인생에는 연장전은 없기 때문이다.
인생의 전반전에서 승부를 내든
후반전에서 승부를 내야 한다.
그렇다면 문제는 간단하다.
인생이라는 풀타임을 적극 완주하라.
그렇게 했을 때에만
그 어떤 결과라도 주어지는 것이다.

긍정적인 사람과 교류하기

긍정적인 사람은
긍정적인 사람과 교류해야 한다.
그래야 매사를 긍정적으로 생각하고
적극적으로 행동하게 된다.
하지만 부정적인 사람과 교류하면
그 또한 부정적인 사람이 됨으로써
사사건건 부정적인 말과
행동으로부터 벗어나지 못한다.
긍정적인 사람은 언제나 기쁘게 맞이하고
부정적인 사람은 늘 경계하라.

아무것도 할 수 없는 사람

아무것도 할 수 없는 사람은
아무것도 실행하지 못한다.
그러나 무엇이든지 할 수 있는 사람은
무엇이든 실행하는 사람이다.
아무것도 할 수 없는 사람이 되느냐,
무엇이든 할 수 있는 사람이 되느냐는
인생에서 무엇보다 중요하다.
모든 행복과 불행, 모든 성공과 실패는
무엇이든 할 수 있느냐 없느냐에 따라
결정되기 때문이다.
지금과 다른 길을 가고 싶다면
무엇이든 할 수 있는 사람이 되라.

멀티 마인드를 갖춘 멀티 플레이어가 되라

자신에게 주어진 일은
그것이 무엇이라 할지라도
어디서든, 어떤 경우에든
당황하지 말고
즐거운 마음으로 해내야 한다.
이를 멀티 마인드라고 한다.
멀티 마인드를 갖추기 위해서는
창의력을 기르고, 다양한 지식을 쌓고,
담대한 마음을 길러야 한다.
21세기는 이런 사람을 원하는데
이를 멀티 플레이어라고 한다.
자신의 능력을 맘껏 펼치기 위해
진정한 멀티 플레이어가 되라.

참 좋은 인생

인생을 대충 살면 대충 인생이 된다.
바느질도 대충하면
구멍이 숭숭 넓어져
제대로 된 옷이 될 수 없다.
아무리 좋은 식재료가 있어도
정성을 들이지 않으면 제맛을 낼 수 없다.
이와 마찬가지로
알찬 인생이 되기 위해서는
무엇을 하더라도 똑똑하게 해내야 한다.
알찬 인생은 자신을 만족하게 하고
타인에게는 유익함을 주는
더없이 참 좋은 인생이다.
참 좋은 인생이 되는 그대가 되라.

담대한 마음

담대한 마음은
반드시 갖춰야 할 인생의 필수요소다.
담대한 마음은
첫째, 일에 대한 두려움을 없애주고,
둘째, 자신감과 용기를 주고,
셋째, 실패에 대한 걱정을 없애주고,
넷째, 강한 도전정신을 길러준다.
담대한 마음을 길러라.
담대한 마음은 창의적이고 생산적이며
그 무엇에도
주눅 들지 않게 하는 빛의 마음이다.

어려움을 물리치는 법

어려움을 만났을 때
장벽을 물리치는 법은
어려움에 지지 않는 것이다.
어려움에 지면 그대로 주저앉고 만다.
어려움의 장벽을 물리치려면
투철한 의지와 신념으로
포기하지 않고 끝까지 가야 한다.
끝까지 해내는 힘,
이것이야말로 어려움을 물리치는
최상의 비법이며 최선의 방책이다.

행동은 말보다 강하다

말로 한몫 본다는 말이 있다.
어떤 일을 앞에 두고 행동하지 않고
말로만 떠들어대는 경우를 일컬어 하는 말이다.
이런 사람은 죽었다 깨어나도
작은 것 하나 이루지 못한다.
행함이 따르는 일에만 결과가 주어지는 법이다.
행동은 언제나 말보다 강하다.

세 가지 나쁜 마인드

삶을 방해하는
세 가지 나쁜 마인드는
첫째는 매사를 부정적으로 생각하는 것,
둘째는 게으름과 나태함이며,
셋째는 대충 넘어가는 무사안일이다.
이 세 가지를 뿌리 뽑지 않는 한
자신이 바라는 것을 결코 해낼 수 없다.
세 가지 나쁜 마인드를 뿌리 뽑기 위해서는
반드시 자신을 극복하고,
반드시 자신을 이겨내야 한다.

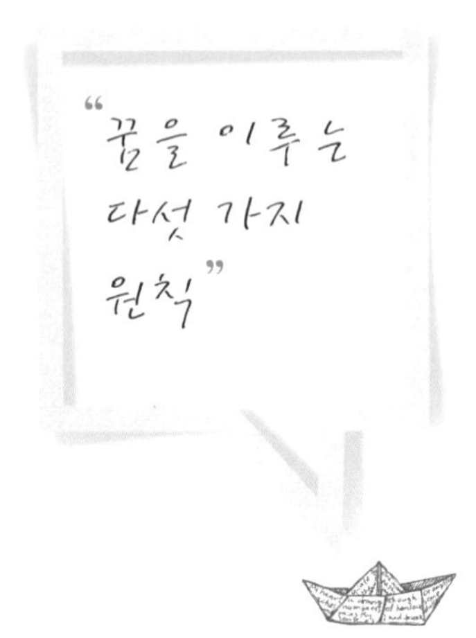

무언가를 좋아하고 간절히 원한다면 망설이지 말고 즉시 실행하라. 좋아하면 할 수 있고 실행하면 내 것이 된다. 다음은 '꿈을 이루는 다섯 가지 원칙'이다.

첫째, 목표에 대한 준비를 철저하게 하라.

준비가 철저하지 않으면 아무리 목표가 좋아도 그림의 떡이 되고 만다.

둘째, 항상 성공한 자신의 미래를 상상하라.

성공한 자신의 모습은 상상만으로도 황홀하다. 또 강한 동기를 유발하는 활력소가 된다.

셋째, 자신을 혹독하게 훈련시켜라.

꿈을 이루는 길은 에베레스트 산을 오르는 것과 같다. 혹독한 훈련 없이는 꿈을 이루지 못한다.

넷째, 철저하고 독하게 실천하라.

목표가 꿈이라면 실천은 그것을 행동으로 옮기는 것이다. 독하게 행동으로 옮겨라.

다섯째, 가난을 슬퍼하지 말고 꿈이 없음을 반성하라.

가난을 극복하는 것은 꿈을 갖고 실행하는 것이다. 그런데 꿈이 없다면 어떻게 될까. 그것은 일장춘몽일 뿐이다.

모든 것은 한 걸음부터

백 미터를 가든,

십 리 길을 가든,

백 리 길을 가든,

천 리 길을 가든,

만 리 길을 가든 한 걸음부터 시작한다.

목표를 향해 가기 위해서는

무리하지 말고

한 걸음 한 걸음 힘차게 걸어가라.

한 번에 두세 걸음씩 가다 보면

곧 지치고 힘이 들어

중도에서 포기하고 만다.

이는 영원 무변(無變)한 진리다.

"자신을 새롭게 코디하는 법"

자신을 새롭게 코디하기 위해서는 여섯 가지를 직시해야 한다.

첫째, 자신의 생각이 녹슬지 않도록 새로운 정보를 습득하라.

생각이 녹슬면 퇴보한다.

둘째, 책을 읽고 정서를 풍부하게 하라.

정서가 풍부한 사람은 다양한 환경에도 잘 적응하여 자신이 원하는 것을 얻는 데 유리하다.

셋째, 성공노트를 준비하라.

자신감을 길러주고 긍정적인 생각을 갖게 하는 글을 적어 마음에 새겨라.

넷째, 하루 일과 중 잘한 일과 잘못한 일을 점검하라.

잘하는 일은 더 잘할 수 있게 하고, 잘못한 일은 그 원인을 분석하여 또다시 잘못하지 않도록 해야 실패를 줄일 수 있다.

다섯째, 성공 습관을 배워라.

좋은 습관은 성공하는 데 밑거름이 되어준다.

여섯째, 오늘이 인생의 마지막인 듯 살아라.

철저하고 혹독하게 자신을 독려할 때 좋은 결과를 이끌어낼 수 있다.

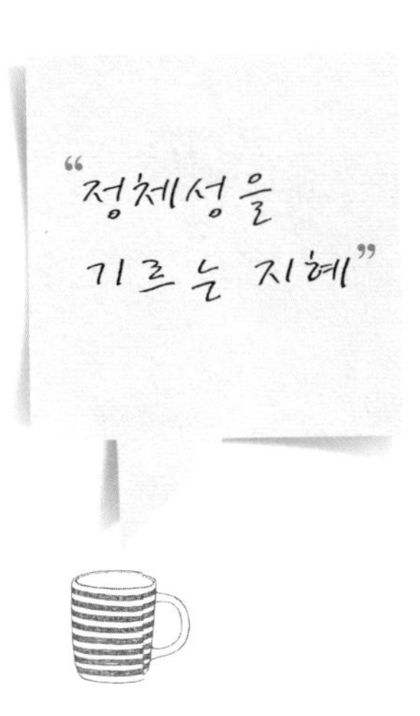

'나는 누구인가?'라는 질문을 늘 스스로에게 하라. 지금 나는 어디에 있으며 무엇을 위해 살아야 하는지를 생각하고 생각하라. 인간은 스스로에게 묻고 스스로 답함으로써 정체성을 기르고, 지혜로운 인격체로 재탄생하는 것이다. 정체성은 자신이 나아갈 길을 비추어주는 인생의 등대와 같다. 정체성을 기르기 위해서는 어떻게 해야 할까?

첫째, 자신이 태어난 존재의 이유를 생각하라.

사람이 이 세상의 빛을 보기 위해서는 수억 분의 일의 경쟁을 뚫고 승리해야 한다. 한 사람 한 사람이 이처럼 치열한 과정을 거쳐 태어난 귀한 존재다. 귀한 존재인 만큼 가치 있게 살아야 한다.

둘째, 자신을 가장 소중한 사람이라고 여겨라.

소중한 사람을 업신여기거나 함부로 할 수 없듯 자신 또한 함부로 대해서는 안 된다. 자신을 함부로 하는 것이야말로 가장 치졸한 행위다.

셋째, 자신을 사랑하고 존중하는 마음을 가져라.

나 자신을 사랑하지 않으면 남들도 나를 사랑하지 않는다. 자신을 사랑하는 사람이 되라.

넷째, 자신은 유일무이한 사람이라고 생각하라.

이 세상에 자신과 똑같은 사람은 없다. 그만큼 특별한 사람이다. 이런 자신을 비하하고 함부로 여기는 것은 스스로에 대한 모독이다.

자신을 안다는 것, 그것은 자신을 사랑하고 자신을 존중하는 일이다. 그래야만 자신의 확고한 정체성을 갖게 되고 자신의 빛나는 인생을 위해 그 어떤 시련과 역경도 감내하며 승리의 길을 걸어갈 수 있다.

사람 마음을 읽는 기술

좋은 인간관계를 맺고 싶다면 사람 마음을 잘 읽어야 한다.
그 사람이 무슨 생각을 하는지,
무엇을 바라는지, 무엇을 좋아하는지,
무엇을 싫어하는지에 대해 읽을 줄 알아야 한다.
그런데 여기서 한 가지 분명히 해야 할 것은
진정성이 있어야 한다는 점이다.
건성건성, 대충대충 하는 것은 오히려 독이 된다.
성의가 없어 보이기 때문이다.
인간관계를 잘하는 사람들은
하나같이 사람의 마음을 잘 읽어낸다.
사람 마음을 읽는 기술을 익혀라.
사람 마음을 잘 읽어내는 것이야말로
인간관계를 능숙하게 하는 비법이다.

새로운 길을 가는 그대에게

새로운 길을 간다는 건
기대와 두려움이 엄습하는 미지의 세계로 가는 것이다.
그러나 그럼에도 그 길을 가야 한다.
찬란하게 빛나는 모든 아름다움은
기대와 두려움 속에서 시작되고,
그 길을 걸어간 끝에 아름다움에 이르렀다.
새로운 길을 간다는 것은
새로운 세계를 만들어나가는 거룩하고 창조적인 일이다.
가다 보면 고난의 돌부리에 채이기도 하고
시련의 웅덩이에 빠지기도 한다.
그러나 이를 두려워하지 말고 뛰어넘어야 한다.
태양이 어둠을 뚫고 빛날 때 더욱 환하게 빛나듯
그 어떤 걸림돌도 뛰어넘는 자만이 새로운 길을 열고
꿈꾸는 것을 얻음으로써
스스로의 삶에 가치를 부여하게 되는 것이다.

새로운 길을 간다는 것은
지금과 다른 세계를 만들어나가는 일이다.
지금과 다른 길을 가고 싶다면,
그래서 자신이 간절하게 원하는 것을 얻고 싶다면
더 크게 눈을 뜨고 더 높이 바라보라.
더 힘껏 심호흡하며 더 멀리 내다보라.
더 깊이 생각하고 더 넓게 상상하라.
새로운 길은 새로워지기 위해 나아가는 자에게만
아낌없이 자신을 내어주는 꿈의 길이다.

감동적인 고백

이 세상에서 가장 황홀한 말은

내가 이 세상에서 가장 사랑하는 사람은

바로 당신이라는 말일 것입니다.

그 행복한 고백의

주인공이 되고 싶지 않으십니까?

그렇다면 당신이 먼저 사랑하는 사람에게

감동적인 고백을 해보십시오.

"해를 선물 받다"

2013년 12월 31일, 문자가 왔다. 동료 작가가 새해 인사와 함께 푸른 바다를 뚫고 막 솟아오르는 붉은 해를 스마트폰으로 찍어 보낸 것이다. 사진을 보는 순간 사진 속의 붉은 해가 내 가슴 안에 쏙 들어왔다. 순간 내 마음속에도 환하게 빛나며 붉은 해가 솟아올랐다.

해돋이를 보는 인파 사이에서 담아낸 동해의 멋진 일출을 보내주다니, 마치 해를 선물 받은 느낌이었다. 기분이 참 좋았다. 동료 작가의 따뜻한 마음이 더해져 그날 하루가 참 행복했다.

누군가에게 기쁨을 준다는 것은 정성이 깃들어 있지 않으면 할 수 없다. 작든 크든 남을 행복하게 하고, 용기를 주고, 희망을 주는 일은 참으로 은혜로운 일이다. 그것은 자신을 행복하게 하고 상대방을 행복하게 하는 아름다운 행동이다.

그런데 어떤 이들을 보면 자신과 상관없는 일에 공연히 트집을 잡고, 기분을 언짢게 하고, 같은 관점도 부정적으로 바라보고 상대를 분노하게 만든다. 그렇게 하고도 자신의 행동이 잘못된 거라는 사실을 잘 모른다. 충고를 하면 너나 잘하라며 말[言]의 화살을 쏘아댄다. 이런 마인드를 고치지 않으면 평생 따뜻한 말 한마디, 기쁨을 주는 말 한마디, 용기를 주는 말 한마디는 하지 못한다. 결국 부정적인 습관에서 벗어나지 못하고 부정의 노예가 되어 스스로를 부정적인 사람으로 끝내고 만다.

기쁨을 주고, 용기를 주고, 꿈을 주고, 희망을 주는 사람이 되어야 한다. 그리하면 자신이 한 것 그대로를 돌려받게 될뿐더러 긍정적이고 능동적인 삶을 살 수 있을 것이다.

나에게 해를 선물해준 동료 작가의 따뜻한 마음처럼 올 한 해가 매우 희망적이고 따뜻한 행복으로 가득찰 것 같아 그 생각만으로도 힘이 불끈 솟는다.

"가르치는 즐거움"

남을 가르친다는 것은 매우 의미 있고 보람을 느끼게 하는 값진 일이다. 내게 있는 지식을, 기술을, 재능을 전해주는 일은 나눔 중에서도 으뜸일 것이다. 무지한 이를 깨우침의 바다로 인도한다는 것은 어둠의 골짜기를 환히 밝히는 빛과 같은 일이기 때문이다.

나는 글 쓰는 틈틈이 짬을 내 글쓰기를 가르친다. 글쓰기를 가르치다 보면 나 자신에게도 활력이 된다. 제자들이 알아가는 기쁨에 즐거워하는 것을 보면 나 자신 또한 기쁨에 젖는다. 이런 즐거움을 알기에 그동안 나는 10년 이상을 문예창작(시와 수필)을 강의했고, 20년 가까운 세월 아이들에게 글쓰기를 가르칠 수 있었다.

내가 지도하는 글쓰기교실의 명칭은 '초우서원'이다. '풀 초(草)', '벗 우(友)', '글 서(書)', '집 원(院)'의 네 글자를 따 지은 이름인데, 이는 내 호가 '초우'인 까닭과 고전적인 의미를 살려 '서원'을 넣어 만든 것이다. 나는 '초우서원'이라는 명칭에 자부심을 느낀다. 그래서 가르치는 일을 오랫동안 해올 수 있었다.

그동안 배출한 문인들 중엔 시인도 있고 수필가도 있고, 동시 작가도 있다. 그들은 각자 자신들의 영역에서 나름대로 활동하고 있다.

그 와중에 2014년 첫날을 매우 뜻깊게 맞았다. 내 제자가 조선일보 신춘문예에 당선된 것이다. 신문에 실린 제자의 사진과 작품, 당선 소감을 보니 큰일을 해낸 것 같아 마음이 참 뿌듯했다.

스승은 가르침을 준 제자가 잘될 때 큰 자긍심과 보람을 갖기에 가르침을 멈추지 않는다는데, 나 역시 그런 마음이 드는 것은 가르침이 주는 즐거움을 아는 까닭이다.

자신이 누군가를 가르치는 일에 종사한다면 그 일을 할 수 있다는 것에 감사하라. 또 가르치는 일의 꿈을 꾸고 있다면 더욱 실력을 길러 부족함이 없게 하라. 누군가를 가르치는 일은 금은보화를 주는 것보다 더 값진 일이다.

가르치는 일은 꿈을 주는 일이며, 누군가의 꿈을 이루게 하는 일이다. 이처럼 귀한 일을 할 수 있다면 행복하게 생각하고, 자신의 수고를 아끼지 말라. 이 모두는 자신의 영혼을 맑게 하는 고맙고 감사한 일이다.

"무지한 이를
깨우침의 바다로 인도한다는 것은
어둠의 골짜기를
환히 밝히는 빛과 같은 일."

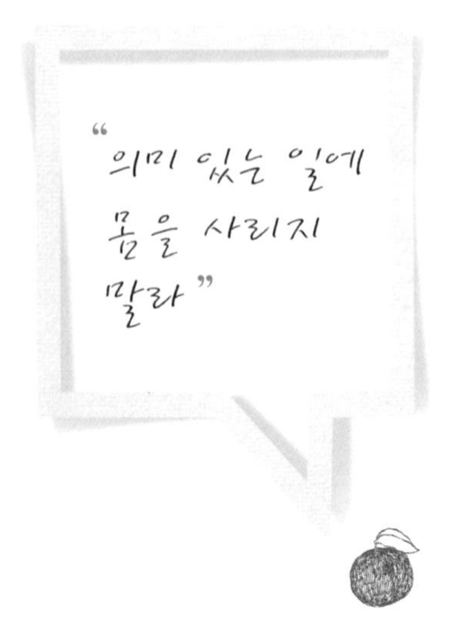

돌을 그 자체로 두면 그것은 단지 돌일 뿐이다. 그러나 그 돌을 탑을 쌓는 데 쓰면 더 이상 돌이 아닌 탑이 된다. 조개껍데기를 그대로 두면 조개껍데기일 뿐이지만 그것을 세공하면 나전칠기의 멋진 장식품이 되기도 한다.

마찬가지로 아무리 뛰어난 재능이 있어도 그것을 그대로 두면 그건 그냥 재능일 뿐이다. 그러나 그 재능을 살리면 의미 있는 일이 된다. 나는 좋은 재능을 두고도 묵히는 이들을 많이 보았다. 그들이 재능을 묵히는 이유를 보면 게을러서, 의미 있는 일을 발견하지 못해서, 자기만 아는 이기심으로 인해서이다. 이 세 가지 이유를 극복할 수 있다면 얼마든지 의미 있는 일을 할 수 있다.

의미 있는 일은 남을 위하는 것과 사회를 위하는 것만은 아니다. 그것은 무엇보다 자신을 위하는 일이다. 자신을 위하는 일에 몸을 사린다는 것은 자신에게 오는 행복을 걷어차는 것과 같다.

"남을 위해 하는 일은 어린 시절부터 나의 최대의 행복이었으며 즐거움이었다."

음악의 악성 베토벤의 말이다. 베토벤이 세계음악사에서 최고의 음악가가 될 수 있었던 이유는 청각장애를 안고도 절망하지 않고 최고의 곡을 썼다는 데도 있지만, 그의 말대로 많은 사람에게 좋은 음악을 들려줌으로써 즐거움과 행복을 주었다는 데 있다.

의미 있는 일은 힘들어도 즐겁다. 의미 있는 일은 더불어 행복할 수 있는 일이기 때문이다. 나는 우리의 20대들이 돈보다는 의미 있는 일에서 삶의 가치를 찾고 행복을 찾았으면 한다. 그것이야말로 자신의 인생에게 기쁨을 선물하는 참 좋은 일이기 때문이다.

문

베란다 문을 여는데
한 짐이나 무게가 느껴진다.
무슨 일인가 하여 보니
문틈에 쌀알만 한 티가 끼어 있다.
저 작은 것이 사르르 열리는 문을
한 짐의 무게로 늘려놓다니,
티를 떼어내자
손가락 하나로도 닫히는
이토록 가벼운 무게의 즐거움이여,
작은 티를 떼어내며 알았다.
누군가의 삶에 무게를 지운다는 것은
지독한 악덕(惡德)이라는 것을.

환한 봄 햇살처럼

창문 틈으로 들어온 봄 햇살이
반짝반짝 빛난다.
읽던 책을 내려놓고 빛남에 이끌려
가만히 봄 햇살을 만져본다.
아, 보드랍고 따스한 이 촉감
잔잔히 일던 첫사랑 숨결처럼 맑고 드높다.

저, 환한 봄 햇살처럼
누군가에게 해맑은 숨결이 되어야 하리.

인생의 20대

모든 인생의 20대는
억만금을 주고도 바꿀 수 없는
최대 최고의 황금기이다.
20대는 바라만 봐도
에너지를 솟구치게 하고,
마음 깊은 곳으로부터 생동감을 끌어올려
기분을 좋게 만든다.
자신을 가치 있게 보내는 20대가 되어야 한다.
가치 있게 보내야
가치 있는 인생을 살게 되기 때문이다.
그러나 자신을
아무렇게나 보내는 20대는
무가치한 인생을 보내게 될 것이다.

"모든 인생의 20대는
억만금을 주고도
바꿀 수 없는
최대 최고의 황금기이다."

책

내 방의 주인은
내가 아니다.

내 방엔 커다란 의자가
두 개 있는데
그 의자까지도 책들이
차지하고 앉았다.

마치, 그 모습이
꼿꼿한 옛 선비를 닮았다.

내 영혼을 맑게 씻어주고

내 심장을 타고 흐르는

뜨거운 피를

더욱 뜨겁게 만들어주는

책

내 방의 주인은

책이다.

책이 있어

나의 행복은 무궁하다.

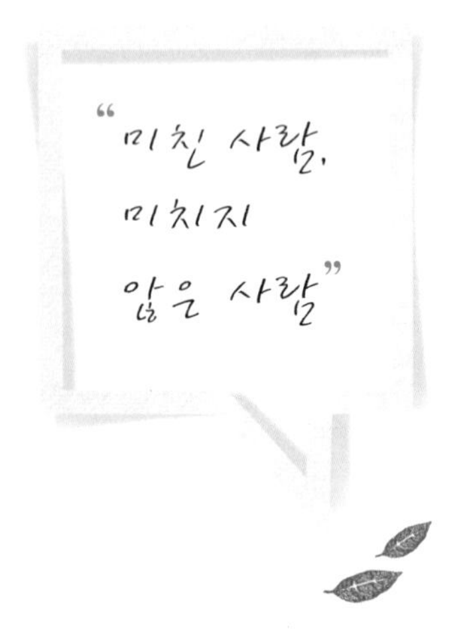

자신이 좋아하는 일, 꼭 해보고 싶은 일이 있다면 한 번쯤은 미친 사람 소리를 들어도 좋다. 그것은 자신의 열정을 쏟아부었다는 것을 의미하기 때문이다. 인생에서 미치도록 해보고 싶은 일이 있다는 것은 자신의 의식이 투명하게 살아 있다는 것을 의미한다. 그러나 미치도록 해보고 싶은 생각이 들지 않는다면, 이는 매우 불행한 일이다. 그것은 자신의 의식이 불투명하거나 죽어 있음을 뜻하기 때문이다.

꿈을 이루고 살았던 사람들이나 살고 있는 사람들은 미치도록 미친 사람들이다. 그 어떤 성공도 미치도록 하지 않으면 불가능하기 때문이다. 그런데 미치지도 않고 미쳤던 사람들의 삶을 살고 싶어 한다면 그것은 도둑의 심보와 다름없다. 어떻게 미치도록 해보지도 않고, 미치도록 미쳤던 사람들의 삶을 살기 바란단 말인가. 자신의 의식이 살아 있는 사람이라면 이런 생각부터 마음에서 뽑아버려야 한다. 그렇지 않으면 자신이 원하는 것을 손에 넣는 기쁨을 누린다는 것은 절대 불가능하다.

그러나 실망하기에는 아직 이르다. 지금이라도 생각을 바꾸면 된다. 인간이란 언제나 새롭게 변할 수 있고, 또 그만한 능력을 가진 존재다. 하나님은 인간에게 무한한 상상력과 능력을 주셨다. 다만, 그것을 스스로 모를 뿐이다. 그렇다면 무엇을 망설이는가? 지금 당장 자신이 바라는 것이 무엇인지, 자신이 무엇을 하면 미치도록 미치게 할 수 있는지를 생각해보라. 그리고 생각의 그림이 그려지면 당장 시작하라. 모든 것은 시작이 어렵지, 일단 시작하면 포기하지 않는 한 충분히 해나갈 수 있다.

미친 사람이 되느냐, 미치지 않은 사람이 되느냐는 스스로가 선택할 문제다. 당연히 미치도록 미친 사람이 되라. 그러면 자신의 인생에게 스스로가 주는 최고의 선물이 될 것이다.

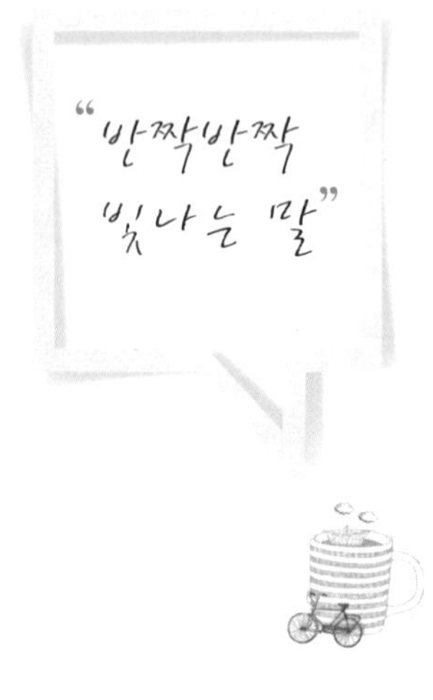

요즘 SNS의 발달로 급변하는 사회상을 시시각각 알 수 있다. 긍정적인 면에서 이는 매우 놀라운 일이다. 그러나 그 이면에는 많은 부작용이 따른다. 상대가 안 보인다고 해서 비난하고, 욕설을 퍼붓고, 함부로 말하는 일이 사회 문제로 떠오르고 있다. 이를 해결하기 위해 규제법이 발의되고, 이를 어길 시에는 명예훼손으로 처벌하는 일을 강화하고 있다. 이런 반사회적인 현상을 제도적인 장치로 강력히 가동시켜 막아보겠다는 것이 정부의 방침이다.

사태가 이렇게까지 된 데에 안타까운 마음이 드는 것은 나만의 생각일까? 아니다. 이렇게 생각하는 이들이 많다는 게 내 생각이다.

말에는 기분을 끌어올리는 말, 행복을 주는 말, 용기를 주는 말, 꿈을 주는 말, 배려하는 말, 칭찬하는 말 등 반짝반짝 빛나는 말이 참 많다.

그런데 이렇게 좋은 말을 놔둔 채 왜 상처를 주는 말, 분노를 일으키는 말을 일삼는 것일까? 이는 상대가 안 보이거나 모르는 사람이라서 무슨 말을 해도 피해갈 수 있다는 생각에서 비롯된다. 그러나 이는 스스로 제 발등을 찍는 일일 뿐이라는 사실을 알아야 한다. 그것은 자신의 인격을 스스로 깎아내리는 어리석은 일이다.

남을 칭찬하고, 용기를 주고, 꿈을 주고, 행복을 주는 반짝반짝 빛나는 말을 습관화하자. 습관이 들면 자연스럽게 일상화된다. 나도 좋고 상대도 좋게 하는 반짝반짝 빛나는 참 좋은 말은 얼마든지 해도 괜찮다. 반짝반짝 빛나는 말은 모두를 평안으로 이끄는 행복 에너지다.

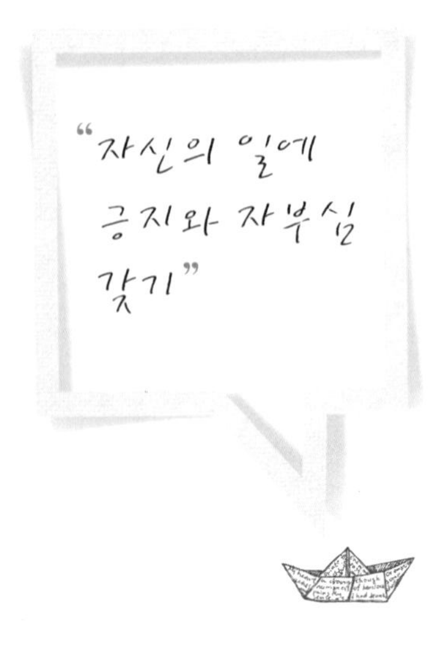

2014년 1월 초, 평소 존경하던 선생님을 인사동에서 뵈었다. 그분이 발행하는 아동문학지를 구독하고, 그 잡지에 작품을 발표해오면서 느낀 것은 성품이 매우 깔끔하고, 온화하고, 주관이 뚜렷하고, 원칙 앞에 흔들림이 없고, 당신이 지향하는 일엔 초지일관하는 분이라는 것. 진즉 한번 찾아뵈어야지, 하면서도 생각으로만 끝나고 말았다. 더 이상 미룰 수 없어 선생님께 전화로 찾아뵙겠다고 하니 반색하며 그러라고 하셨다.

다음 날 아침 일찍 준비를 끝내고 원주역으로 나갔다. 나는 기차를 타고 서울로 가는 동안 내 생각대로 인품이 고결하신 분일 거라고 확신했다. 청량리역에 도착해서 곧바로 종각역으로 향했다. 선생님을 만나 뵙기까지 시간이 좀 남았기에 나는 반디앤루니스 종로점으로 가 내

책이 잘 정리되어 있는지 살펴보았다. 예상 외로 잘 정리되어 있어 마음이 흐뭇했다. 약속 시간이 되어 선생님의 사무실로 갔다. 수많은 빌딩 숲에서 사무실 찾기가 만만치 않아 전화를 했더니 마침 선생님도 막 전철에서 내려 사무실로 오고 있다고 하셨다.

나는 옷매무새를 가다듬고 단정하게 서 있었다. 잠시 후 사진에서 뵈었던 선생님이 오고 계셨다. 나는 얼른 앞으로 다가가 선생님을 맞이했다.

"선생님, 안녕하세요? 김옥림입니다."

"아, 그래요. 반가워요."

선생님은 엷은 미소를 지으며 부드러운 목소리로 말했다. 선생님을 따라 사무실로 올라갔다. 사무실엔 명사들의 글씨가 표구되어 걸려 있어 선생님과 친분 있는 이들이 누군지 대강 짐작되었다. 선생님의 이미지는 나의 짐작과 거의 비슷해서 내가 생각해도 놀랄 정도였다.

선생님이 책을 사인하여 주셨다. 선생님의 대표작 중 하나인 동화 《다섯 시 반에 멈춘 시계》였다. 나는 감사히 받았다. 그리고 밖으로 나와 인근 레스토랑으로 갔다. 채소를 전문 메뉴로 하는 뷔페 레스토랑이었다. 나는 좀 더 비싸고 맛있는 걸로 대접해드리고 싶었는데 선생님이 좋아하시는 음식이라고 해서 그리로 간 것이다.

점심을 먹고 나서 호텔 커피숍으로 갔다. 커피를 마시며 여러 가지 이야기를 나누었다. 나는 잡지 운영에 대해 먼저 말을 꺼냈다.

"선생님, 잡지를 운영하시려면 많이 힘드실 텐데 정말 대단하세요."

"힘들지만, 벌써 17년이 되었군요."

선생님은 이렇게 말씀하시며 그동안 있었던 이야기를 들려주셨다. 어느 뜻있는 독지가의 후원금으로 시작한 잡지가 17년 동안 이어져온 것은 매우 놀라운 일이 아닐 수 없다. 1년에 잡지를 발행하고 운영하는 데 5,000만 원이 든다고 했다. 운영비는 한국문화예술위원회의 지원금과 정기구독료와 몇 푼의 광고비, 그리고 모자라는 것은 선생님의 사비로 충당하신다고 한다. 연세가 올해로 일흔넷이라고 하는데 그 열정이 참 존경스러웠다.

나는 우리나라 아동문학지 중 선생님이 발행하시는 〈시와 동화〉를 최고로 꼽는다. 그 이유로는 첫째, 필자를 선정할 때 기성과 신인을 가리지 않고 작품이 좋고 잡지의 편집 방향과 맞으면 선정되는 시스템을 지향한다는 데 있다. 발행인의 의도와 잘 맞으면 선정되어 게재되다 보니 이 잡지에 자기 작품을 싣기를 원하는 작가들이 많다. 그런데 작품이 실리기란 쉽지 않다. 선생님이 면밀히 작품을 살피고 작가의 됨됨이를 살피시기 때문이다. 그러다 보니 품격 있는 〈시와 동화〉에 작품이 실리기를 고대하게 되는 것이다.

선생님은 순수문학을 지향한다. 영리를 목적으로 하거나 남에게 보이기 위한 겉치레를 위한 그 어떤 장치도 하지 않는다. 이런 시스템은 타 문학지에서는 볼 수 없는 것이다.

타 문학지를 보면 대개 발행인 입맛에 맞는 고만고만한 편집위원들을 두고 공개적으로 원고를 모집한다는 명목 아래 작품을 선정한다. 문제는 편집위원 입맛에 맞는 사람들, 선후배들, 또 이름값을 하는 작가들을 내세운다는 점이다. 그러다 보니 채택된 원고는 응모라는 형식에 미치지 못하는 것 같다. 말하자면 대내외적으로 자신들의 잡지를 알리기 위한 얄팍한 전략으로밖에 안 보이는 것이다. 그러다 보니 응모하는 작가들은 들러리를 서는 게 아닐까 하는 의구심을 떨쳐버릴 수가 없다. 눈 가리고 아웅 하는 격이다. 나는 이런 시스템을 배격한다. 내 작품을 고만고만한 편집위원들 손에서 좌지우지되게 하고 싶지 않다.

이런 폐단을 없애려면 원고 청탁이 가장 좋은 방법이다. 작가에 대한 예의를 갖춤으로써 작품이 실리는 것을 좀 더 보람으로 여길 수 있도록 말이다. 그런데 그렇게 하지 않으니 일부 작가들에게 불신을 사는 것이다.

발행인이 잡지의 편집 방향에 맞는 작품을 선정하는 것이 오히려 잡지의 품격을 높이는 데 가장 이상적이라고 생각한다. 〈시와 동화〉는 이런 시스템으로 운영하기에 작가들로부터 내 작품도 게재되었으면 하고 바라게 만드는 것이다.

둘째, 열악한 재정 여건에서도 꼭 원고료를 지급한다는 것이다. 선생님은 원고료를 청정 쌀로 하여 보내주신다. 나는 처음 쌀을 받고 선생님의 속 깊은 뜻을 이해하였다. 어려운 농촌을 돕기 위한 것이라는 걸 알 수 있었기 때문이다. 이런 점이 나로 하여금 선생님을 존경하게 만든 요인이었다.

셋째, 등단제도를 따로 두지 않고 작품이 게재되면 등단하는 것으로 인정한다는 데 있다. 등단제도 운영에 따라 반드시 소비될 시간과 재정을 오로지 잡지 발행에 집중하는 걸 보면 겉치레에 물들지 않겠다는 선생님의 담백하고 깔끔한 성품이 그대로 드러난다.

넷째, 선생님의 온화한 성품이다. 선생님은 〈시와 동화〉를 문학의, 문학에 의한, 문학을 위한 잡지로 운영한다. 즉, 순수문학의 원형질을 보존하고 발전시키려는 것에 목적을 두고 추구한다는 것이다. 그러니까 문학 외적인 것을 과시하려는 게 아닌, 순수문학 잡지의 발행인으로서만 당신을 보이려고 한다. 문학을 자신의 명예로 삼고 드러내고자 하는 이들에게는 미안한 얘기지만 문학에 대한 차원이 다르다는 것이다. 그러니 선생님에 대해 존경심을 갖게 되는 것은 나로선 당연한 일이다.

그 때문일까. 익명으로 〈시와 동화〉를 후원하는 이들이 종종 있다고 한다. 그런데 나를 감동시킨 것은 오른손이 하는 걸 왼손이 모르게 한다는 것이다. 선생님은 고마운 이들에게 감사의 마음을 전하고 싶어 그들에 대해 알아보려고 해도 알 길이 없다고 하셨다. 나는 웃으며 말했다.

"선생님, 하나님께서 하시는 일이라고 생각하세요."

선생님은 내 말에 환히 웃으시며 "그래요"라고 하셨다. 그 일 또한 선생님의 인품에 감복한 이들이 자신을 드러내지 않고 작은 힘이나마 보태려고 한 것이리라. 나는 선생님의 인품을 다시 한 번 확인할 수 있었다.

다섯째, 〈시와 동화〉는 아동문학 잡지뿐만 아니라 그 어떤 성인문학 잡지와 비교해도 손색이 없다는 데 있다. 잡지의 볼륨에서 타 잡지를 주눅 들게 만든다. 물론 잡지가 두툼하다고 해서 무조건 좋은 잡지라고 볼 순 없다. 볼륨에 상관없이 내용이 부실하면 잡지로서의 가치가 떨어질 수밖에 없으니까. 그런데 〈시와 동화〉는 잡지의 외관이나 볼륨만큼 실리는 내용 또한 좋다. 잡지 외관과 내용이 균형을 이뤄 잡지의 품격을 높여주는 것이다.

문학잡지다운 잡지는 그냥 되는 게 아니다. 앞에 열거한 이런 조건들이 잘 맞을 때 좋은 잡지로 평가받는 것이다.

나는 선생님과의 만남으로 더욱더 그분에 대한 신뢰와 존경심을 갖게 되었다. 선생님이 그 힘든 길을 지금껏 걸어올 수 있었던 것은 당신이 하는 일에 대한 긍지와 자부심 때문이다.

우리 사회는 자신의 일에 긍지와 자부심을 갖고 힘들어도 묵묵히 해나가는 이들이 있기에 희망이 있다고 생각한다. 지금 우리 사회 곳곳에는 힘들어하는 이들의 한숨 소리로 넘쳐난다. 길이 보이지 않는다고 좌절하는 이들이 많다. 얼마나 힘이 들면 그럴까, 하는 생각에 마음이 저려온다.

그럼에도 나는 그들에게 당부한다. 어떤 일을 하더라도 자신의 일에 긍지와 자부심을 가지라고……. 열심히 하다 보면 운명적인 자신만의 길이 열릴 것이다. 그러나 포기한다면 그 어떤 길도 열리지 않는다. 현명하게 생각하고 똑똑하게 실행했으면 한다.